회상센터

중증 외상 환자들의 생존 이야기

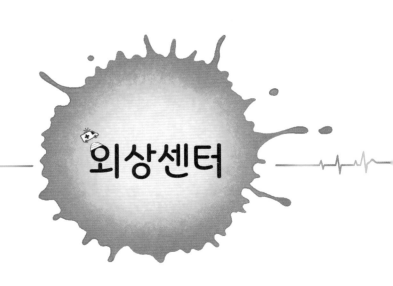

외상센터

엮은이 **이신애** · 감수 **장예림**

좋은땅

- 프롤로그

여기, 우리, 비움

외상외과 의사 장예림

35,019명.

2022년 한 해 동안 심하게 다쳐 권역외상센터로 실려
온 외상 환자의 숫자다.

이들은 퇴원한 후 다시 사회로, 일상으로 잘 돌아갔을까?

외상외과의사가 되고 난 후 꽤 오랫동안 나는 환자가
외상센터에서 퇴원하면 내 할 일은 다 한 것이라고 생각
했다. 무사히 살아서 퇴원했으니까 원래의 삶으로 잘 돌
아갔으리라 지레짐작했다.

2021년 가을, 같은 병원의 정신건강의학과 박혜윤 교
수님을 만났다.

교수님께서 외상 환자를 대상으로 하는 질적 연구(연

구 대상의 말이나 글, 행동 등을 분석하고 해석하여 의미를 찾는 연구 방법)를 권유해 주셨다.

돌이켜 보니 이 권유가 이 모든 일의 시작이었다.

질적 연구를 위해 중증 외상으로부터 생존한 분들 14명을 만났다.

다친 시점부터 치료 과정, 그 이후에 걸친 생존자들의 눈물과 한숨, 고투, 생에 대한 감사가 인터뷰에 고스란히 담겼다. 사회 복귀를 못 하고 경제적으로 큰 어려움을 겪기도 하고, 사고 처리부터 재활 과정까지 스스로 모든 것을 알아보며 고군분투한다는 것을 생존자들의 목소리를 통해 비로소 알게 되었다.

외상 생존자들의 사회 복귀를 돕고 싶었다. 현재 혹은, 미래에 다쳐서 치료를 받게 될 분들을 도울 수 있는 외상 생존자들의 모임을 시작하기로 했다. 첫 모임을 위해 6개월을 준비했다. 연락하고 지내던 환자분들에게 취지를 설명하고, 성공적인 모임을 하기 위한 공부도 하고, 자문도 구했다.

그렇게 우리들의 '여우비' 모임이 시작되었다.

처음 모인 그날, 그저 모였다는 것 자체만으로 우리는 서로서로에게 위로를 받으며 많은 눈물을 흘렸다.

외상외과 의사로 일을 하다 보면 당직을 서는 게 몸서리쳐질 정도로 싫은 날이 있다. 모두가 잠든 시간에 피를 철철 흘리는 환자의 희미한 생명줄을 붙들고 각종 처치와 수술을 하다 보면 스스로의 수명 일부를 떼다 환자에게 주고 있다고 느끼게 된다.

오늘 밤에는 언제 또 어떤 환자가 실려 오려나….

수분, 심지어는 몇 초 안에 제한적인 정보만 가지고 환자를 살릴 수 있는 최선의 치료 방법을 골라야 하는 극한의 시험. 외상외과의사가 그 시험을 통과하는 동안 환자가 잘 버텨 준다면, 가족들은 죽을 줄로만 알았던 환자를 다시 품에 안을 수 있게 된다. 하지만 그런 시험이 반복되는 동안 외상외과 의사의 수명은 정말 짧아지고 있는지도 모른다.

힘겨워 나가떨어질 것 같은 날들을 보내다가도 여우비 모임에서 환우들을 만나면 다시금 버틸 힘을 얻곤 했다. 이분들이 존재함으로 고생한 것보다 훨씬 더 큰 것을 돌

회상센터

려받는다. 그리고 치료과정에서, 치료 후에 있었던 일들을 들으면서 환자의 입장도 헤아려 보는 보다 온전한 의사가 되어 간다. 환자는 의사의 최고의 스승이다.

이 책이 세상에 나오기까지 고마운 분들이 참 많다.

외상생존자 질적 연구가 의미 있게 진행될 수 있도록 도와주신 박혜윤 교수님, 강지연 박사님, 외상 생존자들을 섭외해 주신 외상센터 교수님들, 당시 인터뷰를 진행해 준 하정우 연구원에 감사한다.

환자들을 치료하는 과정에서 많은 분들에게 수없이 도움을 받았다.

외상외과의사로서 이만큼 역할 할 수 있도록 가르쳐 주신 장성욱 센터장님을 비롯한 단국대병원 권역외상센터 교수님들께 감사드린다.

　사고 현장의 최일선에서 환자의 처치와 이송을 담당하는 구급대원들, 특히 종로, 용산, 은평 소방을 비롯한 서울 서북 권역의 구급대원들께 감사한다.

　외상 환자들도 중환자실을 쓸 수 있게 허락해 주신 응급의학과 권운용 과장님, 참 스승님이신 서길준 교수님, 함께 외상 환자 소생 과정에서 고생해 주신 응급의학과 김태균 교수님을 비롯한 여러 응급의학과 교수님들, 소생실 간호사님들과 응급구조사님들께 감사한다.
　소아 외상 환자들이 왔을 때 함께 해 주신 김진희 교수님과 이의준 교수님께도 감사한다.

　주렁주렁 온갖 수액과 기계를 달고 있는 외상 환자들을 신속하고 안전하게 이송해 주시는 이송요원분들께 감사한다.
　1초라도 수혈을 빨리 시작할 수 있도록 수혈팩을 들고

뛰어 주시는 간호보조직분들, 소생을 하고 나면 난장판
이 된 곳을 말끔하게 치워 주시는 환경유지직 분들께도
감사한다.

외상 환자 CT 검사 때마다 매번 CT 촬영실까지 직접
와 주시는 걸어 다니는 판독기 영상의학과 신청일 교수
님, 응급실에 외상외과 의사가 들어서면 가슴부터 철렁
거린다고 농담 삼아 얘기하지만 누구보다 빠르게 검사를
할 수 있도록 도와준 CT실 기사님들을 비롯한 여러 선생
님들께 감사한다.

존재만으로도 마음이 놓이는 영상의학과 '갓환준' 제환
준 교수님과 김효철 교수님, 아더왕 이명수 교수님, 혈관
조영실의 이범영 선생님, 황장순 선생님을 비롯한 여러
선생님들께도 감사한다.

함께 수술해 주신 서울대병원 외과 박지원 교수님, 안
상현 교수님, 김민정 교수님, 한아람 교수님께 감사한다.

신경외과 김치헌 교수님, 중증 뇌손상 두부 환자는 무

조건 믿고 맡길 수 있는 신경외과 하은진 교수님, 중환자
의학과 정윤선 교수님, 오승영 교수님 및 외과계중환자
실 교수님들께도 감사를 드린다.

다발성 중증 외상 환자는 늘 정형외과 치료가 필요하
기에 훌륭한 정형외과 팀이 필요하다.

척추 외상 전문가 장삼열 교수님, 으스러지고 박살이
난 골반도 깔끔하게 해결해 주셨던 김홍석 교수님, 항상
급하게 연락드려도 내 일처럼 발벗고 나서 주셨던 최병
선 교수님.

이분들이 아니었다면 외상 환자 치료는 불가능했을 것
이다.

심장혈관흉부외과 나권중 교수님과 손석호 교수님, 욕
창과 각종 상처 해결사 성형외과 김상화 교수님, 피부과
임영경 교수님께도 감사드린다.

각종 난치성 상처를 가진 환자들과 중증 화상 환자들
을 기꺼이 전원받아 해결해 주셨던 한강성심병원 화상센
터의 허준 원장님과 조용석 교수님, 그리고 다른 병원이
지만 한 식구처럼 따스한 조언을 아끼지 않으셨던 가천

회상센터

대 길병원 윤용철 교수님께 진심으로 감사드린다.

존경하는 서울대학교 치과병원 구강악안면외과 박주영 교수님, 양훈주 교수님, 서미현 교수님을 비롯한 여러 선생님들께 감사한다. 살인적인 업무량에 집에도 잘 못 가시지만, 24시간 언제 연락드려도 한걸음에 뛰어오셔서 항상 직접 세심히 진료해 주셨다.

성실함과 영특함에 항상 입에 침이 마르도록 칭찬했던 구강악안면외과 전공의들에게도 감사의 인사를 하고 싶다.

앉은뱅이도 일어나 걸을 수 있도록 해 주시는 재활의학과의 구세주 이구주 교수님과 교통재활연구소장 이자호 교수님, 정희연 교수님, 환자들의 마음 건강을 책임져 주시는 정신건강의학과 안유석 교수님, 욕창과 상처를 내 몸처럼 관리해 준 한광용 간호사님을 비롯한 많은 국립교통재활병원 선생님들께 감사한다.

외상 환자 간호 교육에 앞장서 주셨던 응급중환자실의 박주희 간호사님, 정말 손 많이 가는 외상 환자들의 병실

케어를 세심히 신경 써 주신 54병동 이현정 수간호사님, 64병동 이은주 수간호사님을 비롯한 중환자실과 병동의 많은 간호사님들께 감사한다.

서울대병원 외상센터의 코디네이터로 이루 말할 수 없이 고생한 주보경 선생님과 감희숙 선생님의 헌신에 감사한다. 그들의 눈물과 희생이 없었더라면 서울대병원 외상센터는 진작에 무너졌을 것이다.

일일이 언급하지 못한 가정의학과, 마취통증의학과, 재활의학과, 정신건강의학과, 외상외과가 함께 모이는 서울대병원 트라우마 다학제 모임 교수님들께도 감사의 말씀을 올린다. 외상 환자들을 위해 여러 진료과가 모여 치료 방향성을 논의하는 모임은 국내에서 유일하다.

우리 전공의들의 모든 노고에 감사한다.
특히 수희가 입원했을 당시 주치의였던 정예찬 전공의(이제는 전문의 선생님이다!)는 환자를 살리기 위해 밤낮없이 최선을 다해 주었다. 병원 밖 파란 하늘을 사진 찍어서 의식을 회복한 수희에게 보여 주는 스윗함으로 모두를 감동시켰다(참고로 중환자실에는 창문이 없다).

가장 힘든 시기에 외상외과에 파견나와 살리지 못한 환자를 위해 눈물을 뚝뚝 흘릴 정도로 늘 환자에게 진심이었던 이다정 응급의학과 전공의에게 참으로 고맙다.

환자를 살리겠다는 일념하에 함께해 준 모든 외과, 응급의학과 전공의 선생님들에게 고마움을 전하고 싶다.

환우회를 시작할 때 도움을 주신 청년부상제대군인 상담센터 이주은 실장님, 길벗인성교육협회의 오은옥 대표님, 이성은 대표님, 전명자 대표님께 감사한다.

매달 환우회 모임 장소를 제공해 주시는 혜화 쿰피르 사장님 부부의 배려와 지지에 감사한다.

REBOA(Resuscitative Endovascular Ballon Occlusion of the Aorta) 제품을 국내에서 사용할 수 있도록 수입하고, 셀 수 없이 많은 REBOA 제품을 외상센터에 무료로 제공해 주신 인터벤션메디컬의 이치영 사장님께 깊이 감사한다. REBOA가 없었다면 살릴 수 없었던 환자들이 많다.

돈도 가족도 없는 외상 환자들의 진료비와 간병비 후원을 도와주셨던 서울대병원 병원교회의 이대건 목사님께 감사한다.

루츠앤프룻 최지현 대표님.
최 대표님은 아낌없이 주는 나무다. 함께 울어주고 웃

어주는 그 사랑에 감사한다.

나도 언니가 있었으면 좋겠다는 평생 소원을 이루었다.

주연진 연구원.

여우비 모임 환우들과 가족들을 만나서 인터뷰를 하고 일일이 전사처리해 주었을 뿐만 아니라 사려 깊음과 꼼꼼함 덕분에 함께 한 2년간 매우 큰 힘을 얻었다. 모든 수고에 감사하며 앞으로 그녀가 새롭게 도전할 앞날을 응원한다.

이신애 교수.

환자분들의 이야기를 아름다운 글로 엮어 주었음에 감사한다.

농담 반 진담 반으로 의사 때려치우고 전업 작가를 하라고 얘기할 만큼 글재주가 뛰어나다.

서울대병원 중중 외상센터 개소 초창기부터 전임의로 시작하여 함께해 주었고, 덕분에 서러운 시간들을 버틸 수 있었다.

함께함으로 이토록 소중한 생명들을 살릴 수 있었고, 너무나 살리고 싶었던 환자를 잃었을 때는 같이 부둥켜

안고 울어 주었다.

　열악한 센터에서 그 누구보다 뛰어난 외상외과 의사로 성장했음에 감사한다.

　이신애 교수가 없었다면 우리의 여우비 모임도 없었을 것이다.

　모든 과정을 지지하고 항상 응원해 주시는 사랑하는 부모님, 마지막으로 그 누구보다 하나님께 감사를 드린다.

　여우비.

볕이 나 있는 날 잠깐 오다가 그치는 비.

사고로 인한 고통과 괴로움도 우리 인생의 여우비일 것이라는 의미를 담고 있다.

'여기, 우리, 비움'의 약자이기도 하다.

우리는 모여 서로 위로하고 또 위로 받으며, 어떻게 하면 새로운 외상 환자분들을 효과적으로 도울 수 있을지 매달 같이 고민한다.

우리의 마음에서 고통과 괴로움은 비워지고 기쁨과 소소한 일상에 대한 감사가 채워진 것처럼 독자들에게도 이 책이 그러하길 바란다.

목차

57점의 기적

이수희

그러지 말았어야 했다

나는 어렸을 때부터 피부가 예민하고 연약했다.

수많은 피부과를 전전했지만 이렇다 할 병명도, 치료 방법도 찾지 못했고 그저 스테로이드를 먹고 바를 뿐이었다. 얼굴이 너무 아프고 뜨거워서 선풍기를 사계절 내내 달고 살았고, 붉게 달아오른 얼굴로 인해 외출은 꿈도 꾸지 못했다. 실낱 같은 희망으로 찾아간 마지막 피부과에서 신경성 주사피부염이라는 진단을 받았다. 피부과 선생님은 잠을 잘 자야 피부가 회복된다며 수면제 반 알을 처방해 주셨다.

누워서 자면 얼굴이 더 아파 앉아서 자는 날들이 많았는데, 수면제를 처음 복용했을 때에는 1분 만에 잠이 들었던 것 같다. 그런데 내성이 생긴 건지 반 알이 어느덧

한 알로 늘어났다.

　그때부터였을까. 나는 수면제를 먹으면 필름이 끊긴 채로 집안을 돌아다니거나 배달 음식을 시켜 먹고, 친구에게 전화를 했었다. 충동억제가 약해지는 것이 이 수면제의 가장 큰 부작용 중에 하나인데, 당시 난 그것을 알지 못했다. 그저 선생님이 주시니까 믿고 복용했을 뿐.

　가장 큰 문제는 자살 충동을 느끼기 시작했다는 것이다.

　부모님은 아침에 출근하시고 나는 새벽 늦게까지 잠을 제대로 자지 못했기 때문에, 늘 늦잠을 잤다. 그렇게 일어나 아무도 없는 집에서 방문을 닫고, 불도 켜지 않고 핸드폰만 보며 부모님이 퇴근하시길 기다렸다. 반복되는 통증과 끝없이 이어지는 건조한 일상 속에 우울증이 스며들었고, 수면제는 그 감정을 증폭시켜 날 잠식하고 있었다.

　2021년 8월 26일.

　전날 밤 수면제 한 알을 먹었음에도 밤을 꼬박 지새웠다.

　너무 힘들고 아파서 다 놓아 버리고 싶었다.

　그러지 말았어야 했는데⋯ 한 알을 더 삼켰다.

'죽어야 이 지긋지긋한 통증과 불면이 사라질까…?'

그렇게 필름이 끊겼고, 그날 오후 난 베란다에서 떨어져 아파트 화단에서 발견되었다.

우리 집은 11층이었다.

내가 몇 점이라구요?

"환자분, 여기 어딘지 알겠어요? 오늘이 몇 월 몇 일이에요?"

카랑카랑한 여자의 목소리에 눈을 떴을 땐, 눈부신 하얀 천장과 시끄러운 기계음들이 뒤섞여 울렁거리고 있었다.

"5월인가요…?"

말을 하고 싶었지만 목소리가 나오지 않았다.

사고 난 지 2주 만에 의식을 회복했다고 한다.

발견 당시 머리부터 발끝까지 모든 뼈와 장기가 부서지고 터져 출혈이 멈추질 않았으며, 다리를 절단할 수 있다고 했다. 심한 폐 손상으로 온몸에 산소가 부족해 에크모(ECMO, 심장과 폐 기능을 대신하여 몸 밖으로 혈액을 빼낸 뒤 산소를 공급해 다시 몸 속으로 투입하는 기계)를 달았다고 한다.

내 손상 중증도 점수는 57점이었다.

'손상 중증도 점수'란 신체 부위별로 다친 부위에 따라 점수를 매겨 최고 75점까지 계산하는데, 16점 이상이면 '중증 외상 환자'라고 한다. 난 대동맥 손상도 있어 생존 확률은 10%도 안 된다고 했다.

10% 미만의 확률을 뚫고, 살아났다.

하지만 살아낸 걸로 끝은 아니었다. 창문 하나 없는 중환자실에서 낮 밤이 어떻게 바뀌는지도 모른 채, 매일 아픈 시술과 수술들을 견뎌야 했다.

인공호흡기를 달고 있었는데 폐 손상이 심해 스스로 호흡을 할 수 없어, 결국 기관절개를 했다. 그래서 목소리가 나오지 않아 의사, 간호사 선생님들과 종이에 글을 써서 대화를 했다.

섬망 증상도 아주 많이 겪었다.

악마가 내 장기를 팔아서 돈을 벌어야 한다며 입을 막고 팔다리를 묶었다. 내 몸에 약을 주입해서 서서히 죽이려 했다. 그 옆에 있던 중환자실 담당 간호사님은 내가 왜 이렇게 빨리 안 죽냐며 화를 내면서 약물을 더 주입하고 있었다.

이 모든 것들이 아직도 생생하다. 당시에는 현실과 구분할 수 없어 교수님이 회진 오실 때마다 제발 나를 살려 달라고 종이에 힘겹게 적곤 했었다.

그래도 감옥 같은 중환자실 생활을 버틸 수 있었던 건, 간호사 선생님들이다.

비슷한 나이 또래의 간호사 선생님이 많아 편하게 나를 대해 주었고 농담도 해 주고 밖에 날씨를 말해 주기도 했으며, 오늘 점심은 뭘 먹었다며 말을 걸어 주셨다.

폐가 좋지 않아 가래를 수시로 뽑아냈어야 했는데, 그럴 때마다 하루에도 수십 번 비닐 옷과 장갑을 교체해야 했지만 힘든 내색을 하지 않아 늘 감사했다.

밤마다 찾아오는 통증으로 끙끙거리며 잠을 못 자고 있을 때면, 조금이라도 자라며 수건으로 안대를 만들어

주고 이어폰을 끼워 노래를 들려주었다.

　처음으로 물을 마실 수 있게 되던 날, 담당 교수님이 마시고 싶은 음료가 있냐고 물어보셨다.
　원래는 생수만 먹어야 했지만, 항상 먹고 싶은 걸 종이에 쓰고 있는 내가 안쓰러웠던 모양이다.
　달달한 음료수가 혀에 닿는 순간, 그 달콤함에 온몸이 행복으로 젖어 들어갔다. 그 달달함 한 모금이 힘들었던 그동안의 치료를 잊게 해 주었다.

　하루에 한 번밖에 안 와 얼굴 보기 힘든 게 교수님들이라고 하는데, 담당 교수님들은 하루에도 몇 번씩 오셔서 계속 몸 상태와 멘탈을 체크해 주셨다. 필요한 게 없는지, 불편한 게 없는지 물어봐 주셨다.
　날씨가 좋은 날이면 병원 밖 모습을 동영상으로 찍어와서 보여 주기도 하셨다.

　오랫동안 산소 치료를 받느라 기관절개관을 가지고 있어 말을 할 수 없었다. 그러던 어느 날, 처음으로 목소리를 낼 수 있는 관으로 교체했다. 아무 말이나 해 보라고 하셨다.

"아…!"

교수님들은 내 일처럼 너무 기뻐하시며 바로 엄마에게
전화를 걸어 주셨다.

"엄…마… 나 이제 목소리 나와…."

"어머! 수희야…! 수희야!!"

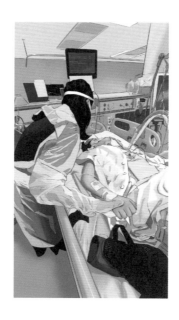

엄마도, 나도 기쁨의 울음이 터져 나왔다.

이런 의료진들의 따듯함 덕분에 지옥과도 같던 중환자실을 버터 낼 수 있었던 것 같다.

　중환자실에서 30여 일을 보내고 드디어 일반병실로 올라갈 수 있게 되었다.
　일반병실에서는 엄마가 간병을 해 주셨는데, 지금 생각해 보면 엄마도 사고의 충격 속에서 간호하시느라 많이 힘드셨을 것이다.
　기관절개 부위에서 계속 가래가 끓어 석션을 자주 해 줘야 했다. 목에 꽂혀 있는 기관절개관 뚜껑을 열어 긴 호스를 통해 흡인을 해야 하는데, 엄마가 딸에게 하는 그 심정이란 어땠을까. 당시 엄마 말씀으로는 '내 가슴에 칼을 꽂는 기분'이 들었다고 한다. 석션을 해 줄 때마다 숨을 못 쉬는 것 같아서 너무 무서웠다고 하셨다.
　엄마의 희생 어린 간호로 하루하루 좋아져 국립교통재활병원으로 전원 가기 전에는 기관절개관을 빼고 목소리가 나올 수 있었다. 너무 행복했다.

3번의 수술, 46일간의 치료를 끝으로 양평에 있는 국립교통재활병원으로 전원을 갔다.

국립교통재활병원은 서울대학교병원에서 위탁 운영하고 있는 외상 환자 전문 재활 병원이다.

전원을 가기 전, 교수님께서는 내게 '재활은 장거리 달리기와 같기 때문에 마음 단단히 먹고 힘들어도 포기하지 말라'고 응원해 주셨다. 솔직히 그때는 내가 금방이라도 일어나 걸을 수 있을 것이라 생각했기 때문에 장거리 달리기라는 말이 의아했다.

하지만 교수님 말씀이 맞았다.

난 다리와 골반이 많이 부러져 일어나 체중 부하를 할수 없어 12주간 가만히 누워만 있어야 했다.

이렇게 누워 있는 채로 발가락을 움직이는 재활부터 시작했다. 수술한 다리의 엄지발가락은 거의 구부려지지 않았고, 다리 신경이 눌려 있어 전기자극 치료를 받았다. 기분 나쁘게 찌릿찌릿한 이 전기자극치료가 너무 싫었다. 부서진 골반으로 인해 누워서 지내야만 했던 12주가 지나고, 드디어 기립기 치료를 할 수 있었다. 경사각도가 조절되는 침대에 누워 각도를 점차 높여 가면서 버티는 재활이었다. 오랫동안 발을 땅에 디딜 일이 없다 보니, 30도 각도에서 5분 버티기만 해도 다리가 끊어지는 듯한 통증이 생겼다. 하지만 날이 갈수록 각도는 높아져 최대 80도까지 버틸 수 있게 되었다.

사실 매일매일 울고 싶었다. 하지만 마음대로 울지도 못했다. 사고 전부터 아팠던 피부가 울면 훨씬 더 많이 아파지니까. 꾹꾹 참아 내다 주체하지 못할 감정으로 펑펑 울기라도 하면, 피부가 터질 것같이 아프고 화끈거렸다. 서럽고 힘들어서 우는 것임에도, 내가 왜 울었지 후회를 하고 있는 양가감정은 아직도 잊지 못한다.

그래도 열심히 재활을 해낸 결과, 드디어 발을 땅에 딛고 서 있는 재활을 시작하게 되었다.

처음에는 엉덩이를 침대에 고정한 채로 서 있다가, 그 다음에는 무중력 트레드밀이라는 것을 시작했다. 무중력 트레드밀은 말 그대로 중력의 영향을 거의 받지 않은 채 걷는 재활치료이다. 부서진 다리와 골반에 체중 부하를 조금씩 늘려 가면서 재활을 한 결과, 드디어 워커를 잡을 수 있게 되었다.

워커를 짚을 수 있게 되자 나와 엄마는 아주 큰 고민

에 빠졌다. 워커 다음 단계는 지팡이 짚고 걷기이고, 이게 가능할 때 퇴원을 하게 된다. 그런데 나는 얼굴 피부가 너무 아파서 피부과 치료를 위해 빨리 퇴원을 하고 싶었다. 과연 조기 퇴원이 맞는 걸까, 집에 가서 스스로 재활을 잘할 수 있을까에 대해 얼마나 고민을 했는지 모른다. 조심스레 담당 재활의학과 교수님께 조기 퇴원을 해도 될지 여쭈어보았고, 교수님은 퇴원이 가능할 것 같다며 흔쾌히 허락해 주셨다.

그렇게 병원에서의 기나긴 달리기가 마무리되었다.

퇴원하면 다 좋을 줄 알았어요

2022년 4월 1일 만우절 날 거짓말처럼 퇴원해서 집으로 돌아왔다. 입원치료를 하는 동안, 부모님은 나의 더 나은 재활을 위해 조금 더 넓은 집으로 이사를 하셨다.

집만 가면 다 좋을 줄 알았는데 사실 첫 일주일은 후회를 했다. 병원에서는 침상에서 기저귀와 소변줄로 볼일 해결이 가능했지만, 집에서는 화장실을 스스로 가야 하니 워커를 짚고 가야 했다. 엉덩이 뼈가 변기커버에 닿으

면 부서질 듯 아팠다. 푹신한 병원 침대가 아닌 식탁 의
자에 앉아 밥을 먹는 것이 그렇게 힘든 일인지 몰랐다.
나무나 철로 된 것도 아닌데 의자는 왜 그리 딱딱하게 느
껴지던지. 골절된 꼬리뼈가 너무 아파서 도넛 방석은 내
애착 용품이 되었다. 경추 골절로 박아 놓은 철심이 분명
그리 무거운 것은 아닐 텐데, 머리가 30킬로는 되는 것처
럼 너무 무겁게 느껴졌다.

　하지만 평생 소변줄을 달고 누워서 밥 먹고 지낼 수는
없었기에 아파도 잠자는 시간 외에는 일부러 소파에 앉
아 있었다.

　사고 나기 전 필라테스를 배웠던 것이 재활 치료에 많
은 도움이 되었다. 재활병원에서 배웠던 재활 동작들은
필라테스와 겹치는 것이 많았다. 그래서 집에서도 혼자
재활을 비교적 수월히 할 수 있었던 것 같다. 한 달에 한
번 서울대병원 재활의학과 외래에 방문해 다리 근력이
얼마나 생겼는지 확인했고, 재활의 방향성을 잡아 가는
나날들을 보냈고, 지금도 그러고 있다.

나는 이제 3살입니다

현재의 나는 지팡이 없이 15분 정도는 걸을 수 있고, 조금이나마 계단도 오를 수 있으며 언덕과 내리막길도 걸을 수 있다. 밥 먹기 위해 머리 가누는 것조차 힘들었던 내가, 이제는 그림을 배우러 다닌다.

2021년 첫 외상 환우회에 나갈 때는 휠체어를 타고 갔었는데, 이제는 교수님들조차도 이상함을 인지 못 할 만큼 자연스럽게 지팡이 없이 걷는다.

이 세상에는 치료가 힘든 병들도 많고, 완치를 간절히 바라며 지금도 투병 중인 분들이 많을 텐데 난 정말이지 행운아이다.

사고 나기 전에는 우울로 점철 된 날들이 많았지만, 2021년 8월 26일 난 새로 태어났다.

우리 부모님, 그리고 남자친구에게 너무 감사하다.

그리고 매번 드는 생각이지만 장예림 교수님과 이신애 교수님이 없었더라면 난 지금 이렇게 글을 쓰고 있지 못 할 것이다. 어차피 생존 가능성이 거의 없으니 치료가 무의미 하다는 다른 의사들의 말에도, 어차피 죽을 거면 그래도 해 보자고 강하게 밀어붙이셨던 에크모 삽입부터 수많은 치료들을 짧은 시간에 결정하며 이끌어 가셨을 텐데, 그 하나하나의 선택으로 내가 이렇게 다시 살 수 있었다.

만약 추락한 나를 빨리 발견하지 못했다면, 만약 구급차가 서울대병원으로 오지 않았다면, 만약 소생실이나 중환자실 자리가 없었더라면⋯ 이런 많은 가정들의 결론은 딱 하나이다.

난 정말 행운아였다.

응급실과 중환자실에서 200팩이 넘는 수혈, 특히 혈소판이 필요했을 때 친척분들과 그들의 지인분들, 그리고 남자친구의 지인분들이 내가 죽을 것 같다는 얘기 하나만 듣고 헌혈을 하고 헌혈증을 모아서 주셨다. 지금 이 자리를 빌려 다시 한번 감사드린다.

빠른 응급처치와 이송을 해 주신 구급대원분들에게도 깊은 감사를 드린다.

19살 때 빵집 아르바이트를 했는데, 하루 지난 빵은 (유통기한이 남았음에도 불구하고) 본사 영업방침상 판매를 할 수 없어, 내 재량으로 손님들에게 서비스로 드리곤 했었다. 어느 날 구급대원분이 빵을 사러 오셨고 3개 정도 사셨던 기억이 난다. 나라를 위해 고생하시는 분이니까 여기 있는 서비스 빵 다 드려야겠다는 생각으로 20개를 서비스로 드렸던 기억이 난다.

알고 보니 그때 그 구급대원분이 속한 소방서가 사고 난 날 나를 태우러 온 소방서였다! 퇴원 후 어느 정도 시간이 흘렀을 때 부모님과 이 에피소드를 얘기했고, 엄마는 내가 그때 좋은 일을 해서 그대로 복으로 받은 거라며 웃으셨다.

얼마 전 부모님과 함께 그 소방서에 찾아가 감사 인사를 드리고, 간식을 왕창 드리고 왔다.

정말이지 나는 행운아이다.

다른 아픔, 같은 마음

우리나라에는 외상 환우회가 없다. 외상이라는 것 자체가 너무 다양하게 다친 환자들로 구성되기 때문에, 모임 자체를 만드는 게 힘들다고 들었다.

회상센터

그런데 내가 서울대병원에서 퇴원할 때쯤, 장예림 교수님과 이신애 교수님이 외상 환우회를 만드셨다. 두 교수님께 치료를 잘 받고 회복한 중중 외상 환자들을 중심으로 2021년 9월 첫 모임을 시작했다. 나가기 전에는 어떤 환우분들이 참석할까 걱정 반, 기대 반이었다.

　첫 모임을 다녀온 날, 집에서 정말 많이 울었다.

　그때까지만 해도 사고에 대해 설명하거나 떠올리면 눈물이 먼저 났었기에, 다른 분들께 내 아픔을 이야기하고 또 다른 환우분들의 아픔을 듣는 것이 고통스러웠다. 가장 힘들었던 것은 나와 비슷한 사고로 비슷하게 다친 환우분의 현재 몸 상태가 나보다 더 좋다는 것이었다. 나만 휠체어를 타고 있는 게 너무 싫었다. 그 환우분은 지금 걷고 있는데 '왜 나는 아직 걷지 못하지.'라는 자괴감에 빠져 울었다. 그런데 사실 겉모습만 괜찮아 보일 뿐 나보다 더 힘든 장애를 가졌거나 통증이 심한 분들이 많았는데, 당시에는 나만 못 걷고 나만 휠체어를 타고 있어서 너무 속상했다. 그래서 솔직하게 교수님께 힘든 심정을 토로했다. 교수님께서도 환우회의 이런 점을 우려하셨다고 한다. 다양하게 다친, 병명과 중중도가 다 다른 환자들이 모이는 자리이다 보니 어쩔 수 없이 눈에 보이는 상태로 비교하게 되고, 얼마나 아픈지에 따라 서열화된다고 한다. 이러한 경향성은 암 환우회와 같은 다른 환우회에서도 빈번하게 일어나고 있다고 말씀해 주셨다. 내가 느끼는 감정이 잘못된 게 아니라는 사실에 안도했고, 두 번째 환우회를 가는 마음은 한결 가벼워졌다.

한 달에 한 번씩 하는 외상 환우회가 이제는 1주년이 훌쩍 지났다. 만나는 횟수를 더해 갈수록 감사한 마음이 더욱 풍성해지고, 지금은 오히려 환우분들께 많은 응원과 용기를 받고 있다. 이제는 환우분들이 가족처럼 느껴진다. 처음엔 교수님들의 감사함에 보답하는 마음으로 환우회를 나갔다면, 요즘엔 환우분들이 보고 싶고 수다를 떨고 싶어서 나가게 된다.

나에게 외상 환우회란, 서로 다른 사고와 아픔을 가지고 있지만 나를 살려 주신 의사 선생님에 대한 감사함과, 고난과 역경을 이겨 내고 한자리에서 만나게 된 것에 대한 뿌듯한 마음을 공유할 수 있는 곳이다.

회상센터

우리와 같은 아픔을 겪고 있는 분들에게

　멈추고 싶어도 흐르는 게 시간이라 지금 그 고통스러운 시간들은 결국 지나갈 거예요. 너무 진부하고 상투적인 말일지 모르겠지만, 지나고 보니 저 말 말고는 다른 표현은 생각나지 않아요.

　기적으로 살아난 것처럼 포기하지 말고 용기를 내서 치료받고 재활하다 보면 한 달이 흐르고 두 달이 흐르고 그렇게 시간이 흘러 점점 좋아져가는 자신을 발견할 수 있을 거예요.

　중간중간 너무 지치고 포기하고 싶어지는 순간들이 분명 오는데, 그럴 땐 잠깐 쉬었다 다시 시작해도 괜찮아요. 쉰다고 해서 다시 안 좋아지지는 않아요. 나도 늘 이런 마음이랍니다.

　사고 이후 내 인생 좌우명은 초심을 잃지 말자로 바뀌었어요.

　우리 초심을 잃지 말아요. 화이팅!

닥터의 회상

　무더위가 기승을 부리는 날인 걸로 기억합니다.

　수희는 서울대병원 외상센터 개소 후에 처음으로 내원한 중증 환자입니다.

　다발성 경추 및 척추 손상, 갈비뼈 골절 및 폐 손상, 콩팥 및 간 손상, 다발성 골반 골절로 인한 대량 출혈, 대퇴골 골절… 등등 말 그대로 온몸이 부서졌고 심각한 폐 출혈로 인해 인공호흡기로는 도저히 산소를 공급할 수 없어 에크모(ECMO, 체외막 산소 공급장치)를 넣었습니다. 에크모란 혈관에 굵은 관을 넣어 혈액을 몸 밖으로 빼내어 산소를 공급하고 이산화탄소를 제거하여 다시 체내로 주입하는 의료 장비입니다. 심장이나 폐가 망가진 환자의 '마지막 생명줄'이라고도 불리고 있습니다. 특히 급성출혈이 동반된 중증 외상 환자에서의 에크모 성공률은 높지 않아, 당시 흉부외과 의사들은 에크모 삽입에 매우 회의적이었습니다. 그들을 설득하기 위해 얼마나 고군분투를 벌였는지 모릅니다.

　어차피 죽을 바에는 모든 것을 다 해 보겠다, 잘못되어도 우리가 책임진다고 몇 시간을 설득한 끝에 수희는 에크모를 달게 되었고 결국 살아났습니다.

우리 의사들은 수많은 연구와 철저한 검증으로 도출된 '통계적 확률'로 치료의 가능성을 판단하곤 합니다. 하지만 의료 현장에는 무수히 많은 변수가 존재하며, 특히 의식 없이 실려 들어온 중증 외상 환자는 이름, 나이, 보호자 연락처 같은 기본적인 정보조차 알 수 없는 경우가 많습니다.

하지만 살리고 싶다는 간절함 하나만으로, 0 뒤에 붙은 소수점 자리 확률에 매달리기도 합니다. 그 간절함을 가능성으로 바꾼 믿음의 결과물이 바로 수희입니다.

의료진의 믿음, 보호자들의 간절함이 모여 때로는 누구도 가능하지 않으리라 했던 기적의 순간들을 접할 때마다 정말 의사 하길 잘했다 느낍니다.

"선생님! 저 퇴원하면 꼭 원피스 입고 펄쩍펄쩍 뛰어서 외래로 올게요."

아직 앉지도 못하고 누워만 지내면서 저런 당찬 다짐을 하던 수희는, 이제 그림도 그리고 데이트도 하는 평범한 아가씨로 살고 있습니다.

언젠간 수희가 청첩장을 들고 찾아올 날을 기다리고 있습니다.

아이 첫 돌이라며 떡을 들고 찾아올 날을 기다리고 있습니다.

이렇게 아직 많은 날들이 기다려지고 기대되는 수희입니다.

여러분도 응원해 주세요.

왜 내 딸이 죽을 수도 있다는 걸
말 안 했어요?

임청하(이수희 보호자)

'그냥 모든 게 거짓말 같았다. 우리 수희는 그런 선택을
할 아이가 아니다.'

사고 나기 전부터 수희는 특별한 이유 없이 많이 아
팠다. 주사 피부염에 요로결석, 급성 방광염, 자궁 혹까
지⋯ 그래도 워낙 뭐든지 스스로 이겨 내려고 방법을 찾
는 똑똑한 아이여서 나름대로 잘 버티고 있었는데, 코로
나가 유행하면서 더 힘들어진 것 같다. 우리 가족은 원래
외식이나 야외활동을 많이 하는데, 코로나가 겹치면서
외출을 자주 못 했다. 지금 생각해 보면, 그냥 똑같이 외
출하고 바깥 바람도 쐬고 그랬다면 수희 정신건강에 더
좋지 않았을까 하는 후회가 많이 된다.

피부염으로 불면증이 심해 수면제를 처방받았던 것이
이 사단을 낼 줄이야. 나중에 서울대병원에 와서야 수희

가 체중에 비해 높은 용량의 수면제를 먹고 있었다는 사실을 알게 되었다. 그래서 수면제를 먹으면 본인이 하는 행동을 기억하지 못하는 일들이 있었던 것이다. 그런데도 엄마인 내가 눈치채지 못했던 건, 말투나 눈빛은 약에 취한 것처럼 보이지 않았기 때문이다. 언젠가 피부과 선생님에게 수면제 중독이 되진 않을지 우려된다고 물어본 적이 있다. 피부과 선생님은 수희가 잠을 못 자면 피부병이 더 심해지니 잠을 푹 자는 게 더 우선이고, 때가 되면 약을 끊을 수 있다고 하셨다. 주사 피부염으로 우리나라 일인자로 알려진 분이 그렇게 말씀하시니까 의심없이 믿었다.

사고 전날, 수희는 그날따라 유독 얼굴을 아파해서 밤을 꼬박 지새웠다. 다음 날 출근 준비하고 있는데 너무 아파 잠을 못 잤다고 힘없이 얘기했다. 나와 남편이 모두 출근하고 나서 수희가 잠을 자려고 수면제를 더 먹었던 것이다. 그 수면제의 부작용 중에 하나가 자살충동감이라는 건 나중에 알게 되었다.

충동적으로 '이렇게 살 바에는 차라리 죽는 게 낫다'라고 생각하지 않았을까?

그날따라 유난히 일이 바빴다. 운영하고 있는 매장에 손님이 계속 밀려와 퇴근이 늦어졌다. 퇴근하고 운전해서 집으로 가고 있는데, 119에서 연락이 왔다.

"이수희 씨 보호자분 되시죠? 이수희 씨 추락사고가 나서 지금 병원으로 가고 있습니다. 보호자분도 빨리 서울대병원으로 오세요."

"… 우리 수희가 죽었다구요…?"

"아니요 아직 살아 있어요! 어머니 정신 똑바로 차리고 오세요!"

숨이 턱 끝까지 막혔다. 믿을 수가 없었다.

제발 살려만 달라고, 살아만 달라고 울부짖었다.

어떻게 병원까지 운전해서 갔는지도 모르겠다.

나름대로 일찍 퇴근하려고 정말 정신없이 뛰어다녔건만 왜 하필 그날 업무가 계속 밀렸던 걸까.

그냥 대충 일 마무리하고 수희한테 빨리 갈 걸,

수희가 잠을 못 자고 아프다고 할 때 그냥 수희를 데리고 나와 병원으로 갈 걸,

피부과 선생님한테 수면제 부작용에 대해 좀 더 적극

적으로 물어볼 걸….

왜 내 딸이 죽을 수도 있는 약이라는 걸 말해 주지 않았을까?

남편과 나는 온갖 죄책감에 휩싸인 채 중환자실 밖 복도에서 밤을 지새웠다.

중환자실에서 처음 의식 없는 수희를 보았던 순간은, 아마도 내가 살면서 가장 떨렸던 순간이었던 것 같다. 수많은 기계를 단 채로 의식없이 축 처져 있는 수희의 모습은 아직도 잊을 수가 없다.

첫 3일간은 눕는 것도 죄스러워 중환자실이 보이는 복도에 앉아만 있었다. 담당 교수님이 이러다 병 난다고 집에 가라고 하셔도 도저히 그렇게 하지 못했다. 4일째 되는 날, 병원 근처에 방을 얻어 침대에 잠깐 누웠는데 너무 무서웠다. 거기에 누워 잠을 잔다는 것 자체가 수희에게 너무 미안하고 죄책감이 들었다.

엄마라는 이름의 보호자

수희가 다치고 나서 앞으로 잘 살 수 있을까 많이 불안해했기 때문에, 마음을 안정시켜 주는 것이 가장 우선이었다. 일반 병실로 올라온 후에는 직접 간병을 하며 배변부터 세선까지 모든 걸 다 해 줘야 했지만 무엇보다도 정신적으로 지지해 주는 게 가장 중요했다.

"생존확률이 10%도 안 되었었는데 지금은 이렇게 밥도 먹고, 예전에는 목도 가누지 못했는데 이제는 목도 돌릴 수 있네."

"그래 엄마 말이 맞아. 그때는 그랬는데 지금은 살았어."

이런 대화를 하루에도 수십 번은 반복했던 것 같다.

수희가 지팡이를 짚지 않고 스스로 걸어 다닐 수 있을지 걱정했던 최근에도, 항상 예전에 상태가 좋지 않았던 그때를 처음부터 다시 이야기해 주었다. 몸의 아픈 부분을 치료하는 것도 중요하지만, 정신적인 지지도 그에 못지않게 중요하다. 가족이 옆에서 환자에게 용기를 북돋아주는 것이 꼭 필요하다고 생각한다.

워낙 여러 군데 다치고 부서진 터라, 장기간의 치료가

필요했다. 더욱이 수희의 사고는 보험처리가 되지 않기 때문에 치료비가 몇 억은 될 것이다. 게다가 수희는 정신적으로도 힘들어해서 1인실을 얻어야 했다. 집을 팔면 치료비를 마련할 수 있을 것 같아 남편과 상의 후에 집을 팔았다. 집도 빨리 나가지 않아서 주변 시세보다 가격을 더 낮춰서 팔았다. 하지만 이렇게라도 치료비를 마련할 수 있음에 감사했다.

　수희를 지켜 주지 못했다는 자책감은 불쑥불쑥 끊임없이 괴롭혔다. 하지만 내가 무너지면 이 집안이 무너진다는 마음으로 이겨 냈던 것 같다. 수희가 중환자실에 있을 때, 남편이 정신이 반쯤 나가 있는 상태로 이런 말을 했다.

"도저히 가게 운영을 못 할 것 같아. 6개월 정도 쉬자."
"무슨 소리야. 10년 동안 어떻게 고객들과 신뢰를 쌓아 왔는데 여기서 쉬어 버리면 다 죽자는 거야. 나와 수희는 여기서 잘 이겨 내고 있을 테니, 당신은 가게를 지키는 게 도와주는 거야."

사실 이때 나도 죽고 싶은 심정이었다. 사고 이후 트라우마 때문인지 방문을 닫으면 숨이 막히는 느낌이 들어 문을 닫지 못하고 자게 되었다.

'하다가 정 안 되면 다 같이 죽어 버려야지.'라는 말이 무심결에 튀어나올 정도였으나, 그래도 겉으론 아무렇지 않은 척 견뎠다. 우리 수희도 버티는데, 엄마인 내가 참고 견디지 않으면 어떻게 되겠는가.

기적 그리고 감사, 또 감사

주치의 선생님은 수희가 살아나더라도 경추 손상으로 인해 하반신 마비가 올 수도 있다고 하셨다. 그런데 감사하게도 기적이 일어났다. 아무리 생각을 해 봐도 기적이 일어난 것이라는 생각밖에 들지 않는다. 워낙 많이 다쳤기 때문에 다들 어차피 죽을 거라고 했단다. 포기할 수도 있었는데 교수님은 내 가족이라는 생각으로 살려 주신 것 같다. 치료하기 전 각종 시술과 수술 동의서에 서명을 받으러 오시면, 난 무조건 모든 걸 다 해 달라고 했다. 서명을 할지 말지 망설이는 순간에 장애를 입거나 죽을 수도 있다는 생각 때문이었다. 나중에 교수님께서도 내가 뭐든지 다 해 보라고 말했던 게 너무 감사했다고 하셨다. 이게 기적을 만든 이유 중 하나이지 않을까?

교수님들이 열과 성을 다해 치료해 주신 것에 너무나 감동했고, 이런 분들을 만났다는 것 자체가 행운이라고 생각한다. 사고가 난 날에는 정말이지 1초가 생과 사를 결정하였기에, 치료 방향을 빨리 결정해서 진행해 주신 부분에 많은 감사를 드린다.

비록 우리 수희가 이렇게 다쳤지만, 사고가 안 났으면 어떻게 이 분들을 만났을까 지금도 가끔 이야기한다.

퇴원 후 변한 것들

수희가 다치기 전에는 우리 부부가 하는 사업과 관련된 공부도 하고 자격증도 땄었다. 나중에 수희가 나이를 먹고 결혼해서도 우리와 같이 사업을 이끌어 갔으면 하는 바람에 준비한 것이다. 하지만 사고 난 후에는 오래 서 있기가 힘들어 같이 일을 못 할 것 같다고 했다. '나중엔 할 수 있을 거야.'라는 말은 수희에게 부담과 숙제로 느껴질 것 같아 안 해도 된다고 했다. 가끔 수희 아빠가 아쉬운 마음에 같이 일을 하면 얼마나 좋을까라고 무심코 얘기할 때가 있는데, 그럴 때마다 난 깜짝 놀라며 그런 말 하지 말라고 한다. 아직은 수희에겐 마음의 안정이 필요하다는 걸 알기 때문에 수희가 신경 쓰일 말은 안 하게 되었다.

사고가 난 집에서는 더 이상 살 수 없을 것 같았다.

교통재활병원에서 퇴원하기 전에 이사를 하기로 결정했다. 하지만 당시 코로나로 인해 병원 외출이 불가능한 상황이라, 인터넷으로 집을 알아보고 교수님 허락을 맡아 잠깐 외출해 서울을 다녀오는 일을 반복했다. 퇴원 후엔 수희가 집에서 재활을 해야 하기 때문에 기존의 가구도 대부분은 다 버리고 리크라이너로 모두 바꿨다. 더 넓어진 집에서 수희가 많이 움직이며 돌아다닌 것이 재활에 도움이 되지 않았나 싶다.

외상 환우회

환우회를 처음 다녀온 날, 수희는 많이 울고 힘들어했다.

정신건강의학과 선생님은 아직 회복이 되지 않은 상태에서 사람 많은 곳에 가면 숨이 잘 안 쉬어지고 힘들 수 있으니, 그런 증상이 남아 있다면 환우회를 꼭 가지 않아도 된다고 하셨다. 환우회를 다녀온 후 그런 증상이 생겨서, 가지 못하게 할 걸 후회를 많이 했었다.

그때만 해도 수희는 아직 휠체어를 타고 다녔는데, 다른 환우분들은 겉으로 보기엔 멀쩡해 보여 자괴감이 들었던 모양이다. 그 사람들도 보이는 게 다가 아닐 거라는 생각은 했지만, 마음으로는 자꾸 비교하는 것 같았다.

그렇게 수희가 힘들어하고 있을 때 마침 이신애 교수님이 전화를 하셨다. 아무래도 환우회 모임 때 어두웠던 수희의 표정이 마음에 걸리셨던 것 같았다.

"선생님… 저 아무래도 다음 환우회는 못 나갈 것 같아요….."

"음… 왜?"

"저랑 비슷하게 다친 XXX님은 지금 너무 멀쩡히 걸어다니고 있는데, 저만 아직 많이 아프고 못 걷는 게 너무 비참해요."

"흠… 환우회 모임하고 나면 이런 문제가 생길 것 같아

서 사실 많이 걱정했어. 나이도, 성격도, 직업도, 다친 정
도도 제각기 다양한 사람들이 모이는 자리이다 보니, 눈
에 보이는 장애의 정도에 따라 서로 비교하고 '아픔'을 서
열화하게 되지. 그런데 수희야. 이건 우리 환우회만 그런
게 아니야."

"그럼 다른 모임도 그래요?"

"전부 다 그런 건 아니지만, 암 환우회의 경우에도 초
기 암이거나 완치 가능성이 높은 환자들은 그렇지 못한
환자들에게 미안해서 혹은 '말기 암 환자도 있는데 내가
여기서 뭐라고…' 같은 마음이 든다고 하더라. 두 명 이
상이 모이게 되면 상대방과 비교하고 저울질하게 되는
건 어쩔 수 없는 사람의 본성이라고 생각해. 너가 지금
느끼는 그 감정은 잘못된 게 아니라 당연한 거야."

교수님과 통화를 하고 난 후 한결 편해 보이는 수희의
모습에 내 마음도 가벼워졌다. 이후 환우회 모임이 반복
될수록 환우분들이 수희를 응원해 주시는 것이 진심으로
와닿았는지 수희는 많이 좋아졌다. 지금은 환우분들을
만나는 날을 손꼽아 기다리고 있다. 환우회 회장까지 맡
은 수희가 대견스러울 뿐이다.

나도 보호자로서 매달 모임에 참석을 하고 있다. 모임에 나가보니 외상 환우회가 쉽게 만들어질 수 없는 이유를 알겠더라. 워낙 많이 다치고 상처가 깊은 사람들인지라 한곳에 모여 속마음을 얘기하는 것이 쉽지 않다. 지금은 서로가 단단하게 의지를 많이 하고 있다. 특히나 우리를 치료해 주셨던 교수님들을 직접 만나 듣는 이야기는, 엄마인 내가 해 줄 수 있는 말과는 또 다르기 때문에 큰 믿음이 간다. 어떠한 질문을 드려도 진심으로 대답해 주셔서 진심으로 감사드린다.

나와 같은 엄마, 아빠들에게

보호자들은 늘 환자가 우선이기 때문에 정신적으로 힘든 부분이 많을 거예요.

환자들은 정신과 진료도 받지만, 보호자들은 환자 상태가 좋아져야 겨우 같이 좋아지는 정도죠.

보호자들이 치료를 받을 여유가 없기도 하구요.

저도 수회 앞에서는 많이 참으려 했지만, 정신건강의학과 선생님 앞에서 이야기할 때면 그냥 눈물이 흐르더라구요. 그 선생님도 제가 힘든 것을 알아주시니까요.

보호자들이 많은 힘든 상황에서는 정신과적 치료가 필요할 것 같아요. 아무래도 환자가 안 좋아지면 보호자도 같이 힘들어지니까.

죽어서 살았습니다

이영목

　나는 비겁했다.

　겁쟁이고 나쁜 사람이었다.

　나에게 닥친 모든 일들을 더 이상 견디기 어려웠다.

　그렇게 다다른 곳은 아파트 8층.

　어깨에 매고 있던 배낭을 손에 툭 떨구고 하염없이 아래를 내려다본다.

　분명 배낭 안에는 아무것도 들어 있지 않았는데, 스르륵 무언가 배낭을 아래로 잡아 끌었다.

　뛰어내려야겠다 결심이 서기도 전에 그렇게 난 끌려 내려갔다.

　귓가에 재잘거리는 소리가 들린다.

　눈을 떠 보니 천장이 보이고 병원인 듯싶었다. 주사기 줄이 주렁주렁 매달려 있는 게 보였다.

　　　　　　　　　　　　　　　　　회상센터

'내가 죽은 건가, 병원에 와서 살았나?'

그리곤 다시 눈이 감겼다.

꿈과 현실이 섞인 혼돈의 세계였다.

난 그 속에서 건물 주변을 돌아다니며 낙엽이 바스락거리고 창문이 흔들리는 소리를 들었다.

손에 닿을 듯 생생했는데, 나중에 알게 된 거지만 인공호흡기를 달고 있는 중 맞았던 진정제 때문이었다.

혼돈의 세계에서 이신애 교수님이 나를 깨웠다.

"환자분 정신이 드세요? 치료를 계속해야 하는데, 보호자들이 가망이 없다며 모든 치료를 거부하고 있어요. 환자분이 살고 싶다고 하시면 저는 모든 치료를 다 할 거에요. 환자분의 의견이 중요해요."

"지금 살아 있는 게 맞으면 계속 살려 주세요…."

그렇게 4주 만에 깨어났다.

눈을 뜨고 몸 구석구석을 살펴보았다. 아파트 8층, 24미터 높이에서 떨어진 사람 같지 않게 생채기 하나 없이 깨끗했다.

　왜 죽지 않았고 살았을까? 나는 죽었어야 마땅한데. 죽음의 문턱에 있던 나를 어떻게 살린 거지?

　아직도 미스터리이다.

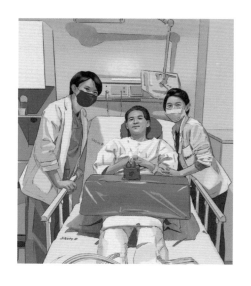

　허리뼈가 으스러져 고정하는 수술을 했지만, 워낙 척추손상이 심해 영구적인 하반신 마비가 되었다.

　5주 만에 중환자실에서 일반병실로 갔다. 거기서는 호흡기 계통의 회복을 돕기 위해 지겹도록 석션을 매일 했다. 정말 싫어서 미칠 정도였지만 어쩔 수 없었다.

더 이상 산소마스크를 하지 않아도 된다고, 이젠 살았다고 하며 장예림 교수님과 이신애 교수님이 산소마스크를 빼 주셨다. 그리고 그날을 기념하기 위해 조그만 케이크를 사 오셔서 같이 촛불을 불었다.

초는 한 개였다. 새로 태어났으니 한 살이라며.

영원히 잊지 못할 것이다. 살아난 것에 감사했다.

재활, 그리고 욕창

서울대병원에서의 모든 치료가 끝나고 양평 국립교통재활병원으로 옮겨졌다.

하반신 마비로 오랫동안 누워 지내다 보니, 엉덩이에 욕창이 생겼다.

처음에는 재활치료가 순조롭게 진행되었다. 그러다 간병인한테 코로나를 옮았다. 당시 병원 내에도 코로나가 창궐하던 시기라 음압 격리실로 임시 격리되었지만, 병실부족으로 결국 코로나 전문 병원으로 가게 되었다.

코로나 전문 병원에서는 욕창 관리가 제대로 될 리가

없었다.

욕창이 점점 커지고 있었는데 허리 이하로 감각이 없는 난 알 리 만무했다.

보다 못한 중국인 간병인이 나에게 알려 주었다.

"욕창이 너무 커졌어요. 내가 의사한테 얘기할 테니 당신도 빨리 방법을 찾아요. 이러다 죽어요."

속은 썩어 들어가고 있었고, 겉은 새카맣게 딱딱한 딱지가 앉은 상태였는데 간호사는 욕창을 툭툭 치면서 이제 치료 다 끝났으니 잘되었다고만 했다.

그 병원에 계속 있다가는 죽을 것 같았다. 그래서 동생에게 전화해 내가 퇴원 요청할 테니 사설 구급차를 준비해 달라고 부탁했다.

원래 코로나 전문 병원을 퇴원하면 다시 양평 교통재활병원으로 돌아가야 했었다. 그렇지만 난 교통재활병원으로 돌아가기 싫었다. 그래서 부모님이 계시는 춘천으로 향했다. 교통재활병원에서 왜 안 오냐고 연락이 오고 난리가 났었지만, 그래도 난 집으로 가고 싶었다.

고향으로 돌아가 동네재활병원으로 갔었지만 욕창 때문에 재활치료를 받을 수 없었다.

하반신 마비라서 다리 운동을 해야 하는데 욕창이 계

속 눌리고 나중에는 꼬리뼈 뒤쪽의 살이 보라색으로 변할 정도로 죽어서 엎드려서 지내야만 했다. 그래서 결국 집에서 지내게 되었다.

'요즘 어떻게 지내세요? 몸은 좀 괜찮으세요?'
어느 날 이신애 교수님께 문자가 왔다.
안 그래도 연락드리고 싶었지만 미안한 마음에 그러지 못했었다. 양평 교통재활병원으로 전원 갈 때 치료적인 부분에서는 장예림 교수님이 많이 도와주셨지만, 그 이외의 부분은 이신애 교수님께서 엄청 애를 쓰셨기 때문이다. 재활병원 대기자가 많아 자리가 없었음에도 날 입원시켜 주셨는데, 내가 탈출을 해 버렸으니 면목이 없었다.
'전 잘 지내고 있습니다. 병원 왔다 갔다 하다가 욕창이 커져서 요즘은 집에서 치료 중입니다.'
그랬더니 욕창 사진을 찍어서 보내 달라고 하셨다. 교수님이 사진을 보시더니 욕창이 너무 심해서 당장 입원을 해야 한다고 하셨다. 입원까지 시간이 꽤 걸릴 줄 알았으나 며칠 만에 곧바로 서울대병원으로 입원을 하게 되었다.
그리고 한 달간 욕창 소독 및 피부 이식 수술까지 받고 난 욕창에서 해방되었다.

간병체계에 관하여

기나긴 치료 기간 동안 가장 큰 문제는 간병인과 간병비였다. 간병인을 구하는 것도 문제지만, 간병비는 현금으로 일주일마다 정산을 해야 한다. 가족들에게 매번 손을 벌릴 수도 없어, '차라리 죽었더라면 가족들을 덜 괴롭혔을 텐데.'라는 죄책감에 힘들었다. 간병인의 대부분을 차지하고 있는 조선족이나 중국인들 사이에서는 한국에서 간병을 하면 떼돈을 번다는 인식이 팽배하다고 들었다.

수많은 병원을 전전하면서 간병인과 관련된 안 좋은 경험들이 많다. 한 중국인 간병인은 맛있는 것 좀 사 달라고 요구하거나, 오늘 좋은 일도 있는데 금일봉 없냐고 요구하기도 했다. 혹여 그들에게 화를 내기라도 하면 바로 짐 싸서 도망가 버렸다. 제도적으로 체계화되고 인증된 전문 간병인들이 간병 업무를 담당할 수 있었으면 한다.

사고 이후 변화

나는 산재도 아니었고 들어 놓았던 보험도 없어 건강
보험에서 지원을 받았다.

희한하게 사고가 난 이후부터는 적절한 시기에 나를
도와주는 고마운 분들이 계속 나타났다.

욕창 치료차 잠시 입원했던 한림성심병원에서는 사회
복지사업팀의 도움을 받았었고, 동네 동장분이 나를 위
해 발 벗고 나서서 동사무소 행정복지센터를 연결해 주
어 모금활동을 하여 500만 원을 지원받았다.

서울대병원 교수님들을 포함해서 욕창 치료를 도와준
사람들, 동사무소 직원, 한림성심병원 사회복지사업팀
직원, 동장님 등 어찌 그리 적재 적시에 나를 도와주셨는
지 지금도 너무 감사하다.

우리 가족들은 처음 병원에서 곧 사망할 것 같다고 연
락을 받았다고 한다. 모두들 내가 죽은 걸로 알고 울고불
고 난리가 났었다. 죽을 고비를 넘겼을 때에도 가족들은
모두 내가 살아나지 못할 것이라 생각하고 장례 준비를
하고 있었단다.

죽었다 살아나는 과정을 겪고 나니 가족들과 화해하고 더욱 뭉쳐지게 되었다.

나는 힘들 때마다 스스로 인내하는 편이다.

내가 지금 이렇게 살아났는데 무엇을 못 하겠느냐. 그런 마음으로 이겨 내고 있다.

세상을 바라보는 시각도 많이 변했다.

예전에는 하나에 집착을 하고 무조건 내가 해결하려고 했고, 사람을 대할 때도 미리 판단하고 편견부터 가졌던 나였다. 하지만 지금은 넓게 바라보려고 한다.

지금부터 사는 인생은 덤으로 사는 인생인데 제대로 살아 보고 싶다.

화내지 말고 짜증내지 않는 것. 이 두 가지는 무조건 마음속에 지니고 살아가려 한다.

닥터의 회상

갖은 이유로 병원에 실려오는 중증 외상 환자들 중, 심적으로 가장 부담이 되는 환자는 자살 시도로 다쳐서 오는 이들입니다. 스스로의 목숨을 버려야 했을 정도로 절박했고 기댈 곳이 없었던, 그래서 가장 도움이 필요한 이들이지만 아직도 사회의 시선의 그리 달갑지 않습니다. 차트 기록에 'suicide attempt(자살 시도)'라고 적혀 있는 문구 하나로 정신과적 병력이 있는 환자일 것이라는 무의식적인 선입견을 가지는 의료진 역시 적지 않습니다. 물론 상당수의 환자들은 정신과 진단을 받았던 받지 않았던 정신건강의학과적인 치료가 결국엔 필요합니다.

"선생님, 우리 아빠 그냥 가시게 해 주세요. 이렇게 살아서 뭐 해요…."

심한 폐 손상과 콩팥 손상으로 인공호흡기는 물론 혈액투석과 최악의 경우 에크모(체외막산소공급장치)까지 고려해야 하는 상황이었습니다. 이런 치료들은 막대한 비용이 동반되기 때문에 보호자의 동의가 필요했고 설명을 하던 중, 자식들이 건넨 첫마디였습니다. 그리고선 조용히 눈물만 흘렸습니다.

　세상을 등지려 했던 아버지, 그 결과 하반신 마비가 된 아버지를 더 이상 치료하지 말아 달라는 그들에게, 한 번이라도 비슷한 입장이 되어 본 사람이라면 돌을 던지진 못할 것입니다.

　회복 가능성이 없어 연명의료 중단이 가능한 환자가 아니었고, 오히려 제대로 치료만 하면 살 수 있는 환자였기에 안타깝지만 보호자들의 요청은 의사로서 수용할 수 있는 것은 아니었습니다. 완화의료팀과 법무팀의 조언을 토대로 현재 환자 상태에서는 의학적인 판단에 근거하여 치료해야 함을 가족들에게 설득하였고, 인공투석과 에크모 치료를 제외한 나머지 치료는 하겠다는 동의를 받았습니다.

　하지만 환자는 콩팥이 점점 기능을 잃어 소변이 나오지 않았고, 정맥주사로 흘러 들어간 수액과 혈액은 고스란히 폐에 쌓여 폐부종이 진행하였습니다. 비용 문제로 보호자들이 인공투석을 거부하였기에 다른 대안이 필요했습니다. 결국 중환자실 침대 옆에 간이 의자를 가져다 놓고 앉아서, 수액과 이뇨제(소변양을 증가시키는 약물)를 소수점 단위로 조절하며 소변줄에서 노오란 소변이 떨어지기를 기다렸습니다. 3일 뒤, 이젠 포기해야 하나 싶을 때 툭툭 한 방울씩 폴리(도뇨관) 라인을 따라 소변이 떨어졌고, 의사 인생에서 보았던 수많은 대소변 중 가장 반가웠습니다.

'본인이 죽겠다고 뛰어내렸는데 굳이 살려야 해?'라고 비뚤어진 시선으로 바라보는 사람들도 있을 것입니다. 하지만 제 경험상 그럼에도 불구하고 살려 낸, 살아 낸 환자들은 하나같이 감사하다고 말합니다. 다시는 허투루 살지 않겠노라고, 잘 살아 보겠다고 합니다.

죽음이라는 경험이 그들을 개과천선시킨 것인지, 어쩐 건지는 잘 모르겠습니다.

하지만 분명한 건 어떠한 이유로든 환자로 병원 안에 들어온 사람들 중 죽어 마땅한 사람은 없다는 것입니다. 당신이 무슨 연유로 다치고 만신창이가 되었건, 우리는 당신을 살릴 것입니다.

엄마가 곧 걸어서 집으로 갈게

무명

그날은 유독 날씨가 좋았다.

코트 한 장 툭 걸치고 단풍놀이 가기 참 좋은 날.

여느 날과 다를 바 없이 일이 끝난 뒤, 학교 마치고 돌아올 자식들 생각에 분주히 집으로 발걸음을 옮겼다.

부우우웅!

아파트 후문 쪽으로 난 계단을 오르고 있던 찰나, 뒤 쪽에서 난데없이 자동차 굉음이 들렸고 어느 순간 난 쓰러져 있었다.

'뭐지? 뭐가 어떻게 된 거지?'

주변에 있던 사람들이 달려오는 소리, 비명 소리, 탄식 소리가 뒤엉켜 정신을 차릴 수가 없었다.

그랬다.

뒤에서 달려온 자동차가 나를 들이받으면서 바퀴로 내 두 다리를 짓이기고 있었던 것이다.

　간신히 고개를 돌렸을 때 가장 먼저 눈에 들어온 건 패닉에 빠진 운전자의 표정이었다.

　119에 신고부터 해 주면 좋으련만. 크게 당황한 나머지 본인 남편에게 전화를 하고 있더라.

　다행히 시민들의 신고로 119가 도착했다.

　어느 병원으로 갈지 이리저리 전화를 돌리는 것 같았다. 이윽고 서울대병원으로 이송이 결정되었다는 얘기를 들었다.

　첫째와 둘째 모두 출산한 병원이었기 때문이었을까?

　순간 '다행이다, 나는 살았다' 싶었다.

　다리가 터져 나가는 통증에 정신이 아득해져 어떻게 응급실에 도착했는지도 모르겠다. 응급실에 도착하자마자 입고 있던 옷을 가위로 자르던 의료진들의 분주한 소리만 기억이 난다.

　다시 눈을 떴을 땐 중환자실이었고, 왼쪽 무릎 아래에 있어야 할 다리는 보이지 않았다.

내가 다시 걸을 수 있을까요?

"혈관 손상이 심해 오른쪽 다리도 절단을 해야 할 것 같습니다."

걱정 어린 눈빛으로 얘기하는 교수님의 말에, 가장 먼저 떠오른 건 우리 두 아이들이었다.

"교수님, 오른쪽 다리는 살릴 수 없나요? 이미 왼쪽 다리도 없는데 어떻게 한 쪽만이라도 안 될까요?"

"물론 며칠 더 버텨 볼 수는 있습니다. 하지만 이미 조직과 혈관 손상이 광범위하고 다리 근육이 터지면서 독성물질이 전신으로 퍼져 콩팥 기능도 떨어지고 있습니다. 자칫 다리를 살리려다 목숨을 잃을 수도 있습니다."

다리 근육세포가 죽으면서 뿜어져 나오는 물질로 인해 나는 스스로 피를 걸러내지 못했고 소변도 나오지 않아, 그 당시 인공투석을 24시간 동안 하고 있는 상태였다. 간 수치도 하늘을 찌를 듯 올라가고 있었다.

"죽지만 않게 해 주세요. 두 다리가 없어도 다시 걸을 수 있겠죠? 우리 아이들 결혼식에 걸어서 들어갈 수 있겠죠?"

"그럼요. 걷게 해 드릴게요. 나중엔 저보다 더 잘 걸을 수 있게 해 드리겠습니다."

왼쪽 남은 다리 역시 괴사가 약간 진행되어 추가 절제하고, 오른쪽 다리는 두 번에 걸쳐 절단하였다.

그렇게 총 4번의 수술 끝에 양쪽 허벅지만 남게 되었다.

전신마취에서 깰 때마다 죽다 살아나는 기분은 경험해 보지 않은 사람은 모를 것이다.

아플 때마다 누르라 했던 마약성 무통 주사는, 눈만 감으면 총천연색의 환각을 선사했다. 눈을 감고 있어도 입체 미술처럼 컬러풀한 영상이 지나갔고, 주변 소리와 더해져 천국에 있는 건가 싶은 생각 마저도 들었다. 중독이될까 두려워 못 견딜 정도가 아니고서는 사용하지 않으려고 노력했다.

두 다리를 잃었다는 사실보다는 콩팥 기능이 돌아오지 않아 평생 투석을 해야 할지도 모른다는 두려움이 더 컸다. 죽지 않고 살아 낸다 손 쳐도, 다리도 없는데 투석까지 해야 한다면 우리 아이들에게 너무나 큰 짐이 될 것 같았기 때문이다. 다리를 절단하면 콩팥이 회복될 가능성이 높다는 말에 큰 망설임 없이 수술을 결정한 것도 사실이다. 다행히 수술 이후 콩팥은 점점 좋아져서 투석 기계를 뗄 수 있었다.

차 바퀴에 짓이겨져 심하게 오염되었던 다리라 수술 이후에도 상처치료는 계속되었다.
매일 교수님께서 직접 소독 카트를 끌고 와 상처 치료를 해 주셨다.
교수님이 이렇게 열심히 해 주시는 게 정말 감동스러웠고 더 신뢰하고 치료를 따라갈 수 있었다.
어느 날 한번은 중환자실 간호사님이 했던 말이 기억난다.
"이제 한고비 넘기셨어요. 앞으로는 괜찮을 거예요."
그 말이 어찌 그리 좋던지. 중환자실에 다들 바삐 움직이며 일하는 와중에 건넨 저 한마디가 참 많은 위로가 되었다. 일반 병실로 옮기던 날, 나중에 걸어서 인사하러 오겠다 말했다.
꼭 그 약속이 이루어지기를 간절히 바란다.

2주 만에 중환자실에서 일반병실로 올라오게 되었다.
친정어머니와 남편은 아이들 때문에 병간호를 할 수 없어, 병원에서 소개해 준 간병업체를 통해 간병인을 고용했다. 간병인은 함께 지내기 쉽지 않은 사람이었다. 시종일관 강압적인 태도로 나를 대했고, 두 다리가 없어 대소변 처리조차 부탁해야 하는 몸 상태보다 마음이 더 불편했다. 그러던 중 접촉 격리균이 몸에서 나와 1인실로 옮겨야 했는데, 간병인은 나 같은 환자는 더 이상 간병 못 하겠다고 가 버렸다. 다른 간병인을 구하려 했지만 다들 균 때문에 벌벌 떨면서 못 하겠다고 하더라. 격리와 위생수칙만 잘 지키면 문제될 게 없는 균인데… 참 서러웠다. 하는 수 없이 여동생에게 간병을 부탁했고, 다행히 요양보호사 자격증을 가지고 있는 여동생 덕분에 많은 도움을 받을 수 있었다.

교통재활병원으로 전원 가기 전, 기초 재활훈련을 위해 재활의학과로 잠시 옮기게 되었다. 재활 병동에서는 질환에 따라 환자가 분류되지 않고 섞여서 병실을 사용했다. 나처럼 몸을 아예 움직이지 못하는 환자들과 단기 입원을 하는 사람들이 같은 병실에 있다 보니 불편한 게 이만저만이 아니었다. 나와 같은 절단 환자들은 아무래도 남들의 시선이 신경 쓰이기도 하고, 새벽에도 침대에서 대소변 처리를 해야 했기 때문이다. 질환 별로 환자를 분리해서 병실을 사용하게 했으면 참 좋았을 것 같다는 아쉬움이 들었다.

그렇게 2~3주 뒤에 드디어 교통재활병원으로 전원을 가게 되었고, 지금까지 재활을 하고 있다.

여기서는 물리치료사 선생님들께 정신적으로 많은 위안을 받고 있다. 좋은 말씀을 많이 해 주시고, '위라클'이라는 유튜브 채널도 추천해 주었다. 다양한 사람들의 사례를 보며 내가 최악은 아니라는 생각이 들고 공감되는 부분도 많더라. 환자 입장에서는 재활치료가 앞으로 어떻게 진행되는지, 장애인으로서 어떻게 살아가야 할지 등이 궁금하다. 이런 의문점들은 유튜브에서 많은 도움을 받을 수 있었다. 나와 비슷한 외국인 절단 환자들이 의족으로 차고 걷는 모습을 보며 위로를 받았다.

교통재활병원에서의 재활치료는 꽤나 만족스럽다.

물론 담당 교수님이 바빠서 일주일에 두 세번 정도밖에 볼 수 없지만, 다른 병원에서는 외상 환자들이 재활치료 첫 단계부터 지나치게 값비싼 의족을 제작하는 경우가 많은데, 교통재활병원에서는 치료 과정에 맞추어 의족을 점차 업그레이드해 준다고 하여 믿음이 갔다. 또

병원이 혼잡하지 않아 생활하기에도 편하다. 서울대병원에서 장예림 교수님과 이신애 교수님이 일주일에 한 번씩 오셔서 상처를 치료해 주셨는데, 이런 치료적인 부분들이 잘 연계되어 있다는 것이 환자로서 다시 한번 신뢰를 갖게 하였다.

엄마가 미안해

우리 아이들에게는 한없이 미안한 마음밖에 없다. 첫째는 사춘기라 내가 감정을 잘 보듬어 주어야 하는데, 치료를 받느라 떨어져 지내다 보니 엄마로서 역할을 해 주지 못한다는 게 너무 미안하다. 다행히 주중엔 할머니가 둘째를 돌봐주시고 여동생이 가끔 오가며 도움을 주고 있다.

어느 정도 몸이 회복되고 나서 첫째가 면회를 온 적이 있었다. 사실 어떻게 먼저 이야기를 꺼내야 할지 고민을 많이 했었다. 엄마가 하루 아침에 두 다리를 잃었던 얘기를 어떻게 쉽게 할 수나 있을까?

그런데 사고가 났을 때 집안 분위기가 심상치 않아 어

느 정도 눈치를 채고 있었던 모양이다. 나의 상황에 대해 하나하나 천천히 설명해 주었고, 감사하게도 첫째는 잘 받아들였다.

둘째는 마음이 여린 편이다. 내가 많이 다쳤다는 것만 알고 있고, 모든 상황을 알리지는 못했다. 속마음을 잘 이야기하지 않는 아이라, 어떻게 해야 둘째가 엄마의 상황을 제대로 인지하고 받아들이게끔 이야기하는 게 좋을지가 지금 우리 가족이 가진 가장 큰 고민이다. 둘째가 잘 받아들이지 못했을 경우를 대비해 가족 구성이 함께 정신과적 상담을 받는 것도 고려하고 있다.

사고 후 남편은 아이들에게 아빠이자 엄마의 역할까지 모두 도맡아 하고 있다. 회사일을 하면서 혼자 아이들을 돌봐야 하는 게 많이 미안하다. 사고를 계기로 온 가족이 더욱 똘똘 뭉쳐야 하겠다는 생각을 많이 한다. 빨리 재활 치료가 끝나 집으로 걸어가 아이들과 꼭 남편을 안아 주고 싶다.

당신의 시선

'타인의 시선'이 현재 나에겐 가장 큰 부담이자 장애물이다.

서울대병원 입원 중에도 그렇고 교통재활병원에서도 교수님이 정신과 상담을 권유해 주셨을 때 필요하지 않다고 거절했었다. 하지만 시간이 지날수록 정신과 치료가 필요하다는 것을 느꼈다.

다치기 전에는 아침에 일어나 곧바로 화장실 변기에 앉아 볼일을 보는 게 아무렇지 않은 일상이었지만, 지금은 옆에 있는 물건조차도 혼자서 찾을 수 없을 때면 자존감이 많이 무너진다. 병원 외래 진료를 갈 때는 아직도 사람들의 시선이 두렵다. 나중에 의족을 맞추고 다리가 있는 것처럼 보여지면 마음이 좀 나아질까?

그렇기에 다치고 나서는 인간관계도 새롭게 바뀌었다. 나를 도와주고 더 자주 연락하거나, 매일 좋은 글귀를 보내 주는 사람들을 중심으로 관계가 재정립되었다.

나와 같은 절단 장애 환우들에게

저도 제 인생에서 이런 일이 일어날 줄을 상상조차 못하고 있었어요.

처음엔 현실로 받아들이는 것조차도 아주 힘들었습니다.

외상 환자들은 조금이라도 빨리 자신의 상황을 받아들이는 게 정말 중요하지만, 사실 처음부터 쉽지만은 않잖아요. 비록 받아들였다고 생각해도, 시간이 지나면 다시 후회하기도 해요.

'이렇게 했더라면 상황이 더 낫지는 않았을까?'

'한쪽 다리를 살렸더라면 더 좋지 않았을까?'

외상 환자들이 마음을 잘 수련하고 받아들이기 위해서는 가족들의 도움과 더불어 의료진들을 신뢰하고 치료를 잘 따라가는 것이 중요합니다.

모든 건 마음먹기 나름인 것 같네요.

다치고 나서 인생이 달라지는 건 맞지만, '왜 이렇게 되었지.'라는 생각만 하기보다는 앞으로 어떻게 살아갈 것인가에 조금 더 집중하는 게 좋을 것 같아요.

닥터의 회상

"어이쿠…."

응급실로 들어온 환자의 다리를 본 의료진들의 첫 반응은 짧은 탄식이었습니다.

그동안 적지 않은 수의 crushing injury(압궤 손상) 환자들을 보았지만, 손에 꼽힐 정도의 심한 손상이었습니다. 특히 무거운 물체에 깔려 발생한 팔다리 압궤 손상은 시간이 지날수록 눌린 부위 조직의 괴사가 일어나 목숨을 잃을 수도 있습니다.

지체할 시간이 없어 곧바로 수술방으로 향했습니다.

손상된 다리 혈관을 이어 주었으나 이미 진행된 조직손상에 의해 발생한 독성물질이 전신으로 퍼져 나갔습니다. 혈압과 심박수가 급속도로 떨어지기 시작했습니다. 분주한 손길로 수혈팩과 혈압상승제 약물을 걸고 있는 마취과 선생님들의 간절한 눈을 보았습니다. 이런 경우 결국 선택은 하나뿐인 걸 알고 있었습니다. 혈압이 너무 떨어져 정형외과 선생님을 기다릴 여유도 없이 다리 절단을 시행했습니다.

무거운 마음을 안고 나온 수술방에서 보호자들에게 수

술 경과를 설명했습니다.

"선생님… 어떻게 남은 다리 하나만이라도 살릴 수 없을까요?"

거칠어진 내 손을 기도하듯 감싼 환자의 노모의 주름진 눈가는 아직도 잊을 수가 없습니다. 누군가의 소중한 딸이자 두 아이의 엄마, 사랑스러운 아내인 그녀의 남은 다리를 어떻게 해서든 지켜 주고 싶었습니다. 하지만 연민의 감정에 기인한 노력만으로는 불가능한 것들이 의학에서는 존재한다는 것을 경험을 통해 알고 있었습니다. 남은 다리도 빠른 시일 내에 절단을 해야 했습니다. 그렇지 않으면 자칫 콩팥과 간마저 기능을 잃고 최악의 경우 다발성 장기부전으로 사망할 수 있기 때문입니다.

그런데 이미 첫 수술에서 정형외과 선생님들의 개입 없이 외상외과 의사가 절단을 시행했기 때문에, 남은 다리도 외상외과에서 절단을 해야 했습니다. 엄청나게 어려운 수술은 아니었지만, 복부수술이 주전공인 저로서는 부담감이 있었던 건 사실입니다. 수술 동영상과 교과서를 수차례 돌려보고, 가천대길병원 외상센터 정형외과 윤용철 교수님께 자문을 구해 성공적으로 수술을 마칠 수 있었습니다. 바쁜 업무 중에도 언제나 따뜻하게 자문을 해 주시고 응원해 주신 윤용철 교수님께 이 글을 빌려 다시 한번 감사의 말씀을 드립니다.

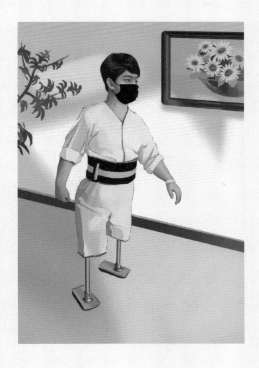

나의 잘못도 아닌 사고로 두 다리를 잃게 된다면, 누구든 세상을 증오하고 상대방을 저주할 것입니다. 죽고 싶을지도 모릅니다. 하지만 지금도 그녀는 늘 저에게 괜찮다고, 살려 주어서 고맙다고 말합니다. 차라리 울고 소리 지르고 의료진에게 감정을 쏟아내면 속 시원할 텐데… 괜찮다고 말하며 이따금씩 맺히는 반짝거리는 눈물 방울은 위대한 엄마이자 강인한 여성이라고 대신 말해 주고 있었습니다.

그녀가 무조건 행복했으면 합니다. 아니 그럴 것입니다. 나보다 더 잘 걸을 수 있게 될 거라고 약속했던 말이 현실이 되기를 간절히 바라고 기도합니다.

덤으로 사는 인생

맹선호

2018년 6월 30일 오전 12시 40분.

내 인생이 바뀐 날.

편도 2차선 도로를 운전하고 있었다. 기억은 거기까지다.

60톤 트레일러가 불법 유턴을 하다가 내 차를 박았다고 한다.

엄청난 통증이 엄습해 온다. 팔다리가 움직여지지 않았다.

"환자분 제 목소리가 들리면 눈 깜빡 해 보세요."

내가 지금 움직일 수 있는 건 눈꺼풀밖에 없나 보다.

힘겹게 눈꺼풀을 들어올리니, 중환자실 침대 발치에

검은 물체가 둥둥 떠 있는 게 보였다. 눈을 감아도 검은 물체는 계속 아른거렸다. 나를 데리러 온 저승사자인가 싶었다.

　나중에서야 이게 섬망이었다는 걸 알게 되었다.

　다시 걷고 싶어, 다시 움직이고 싶어

　16일간의 중환자실 치료, 총 5개월간의 병원 생활 동안 부서진 팔다리와 터진 장으로 수차례의 수술이 필요했고, 수술이 반복될수록 자존감은 한없이 작아졌다.

　장을 너무 많이 다치는 바람에 장루(인공항문)를 어쩔 수 없이 만들게 되었다고 들었다. 그런데 교수님으로부터 장루를 복원하는 수술이 쉽지 않다는 이야기를 들었을 땐, 차라리 죽겠다고 했다.

　배변 주머니를 배에 달고 어떻게 밖을 돌아다닐 수 있을까.

　정말 죽어 버리리라 모진 마음을 먹고 어렵고 위험해도 나중에 꼭 장루 복원 수술을 해 달라고 요청했다. 그렇게 장루를 가진 상태로 2개월하고도 열흘을 버텼다 부서진 손과 팔, 다리의 뼈 사이 공간이 많이 벌어져 허벅지에서 뼈 일부를 채취해 틈을 채워 넣었다. 팔다리를 자유롭게 사용하지 못할 수도 있다고 했다. 벌어진 뼈 마디마디에서 전해지는 고통보다 더 힘들었던 건, 이따금씩 병원 창문 밖 너머로 보이는 걸어 다니는 사람들이었다.

손에 물건을 쥐고, 팔을 흔들고, 두 다리를 자유롭게 움직일 수 있는 그 사람들이 너무너무 부러웠다.

장루를 다시 배 안에 집어넣는 복원 수술을 한 날은, 긴 병원 생활 중 최고의 순간으로 기억된다.

수술이 끝나고 마취에서 덜 깬 비몽사몽한 상태에서도 제일 먼저 장루가 있었던 배를 만져 보았다.

묵직했던 주머니가 없어졌다! 몇 안 되는 행복했던 순간이었다.

한없이 절망적일 수 있었던 투병 생활을 버티게 해 준 건 장예림 교수님이었다.

하루 중 교수님 회진 시간이 되기만을 가장 기다렸다.

이곳저곳 다쳐서 여섯 명 정도의 의사 선생님이 협진을 봐주셨는데, 특히 주치의였던 장예림 교수님은 무척

이나 세심했다. 어디가 불편하다고 하면, 흘려 듣지 않고
왜 불편할지 생각해서 해결해 주었고, 컴퓨터 모니터를
같이 보며 세세하게 설명을 해 주어 치료과정을 명쾌히
이해할 수 있었다.

　지금도 외래 진료를 보고 돌아갈 때는 다음 외래 날짜
가 기다려질 정도로 마음이 편해지고 믿음이 간다.

　'제2의 인생을, 후반기 인생'을 공짜로 살 수 있도록 신
뢰를 주신 교수님께 깊은 감사를 드린다.

　　　　　　　　　　　　　　　　　　회상센터

그때는 되고 지금은 안 되는 것들

퇴원 후에는 인근 병원에서 재활치료를 받았다.

집으로 돌아온 뒤에는 거의 대부분 누워 있거나 앉아만 있었다.

마음대로 움직일 수 없으니 더 이상 사는 것 같지 않았다.

'바로 앞 집 밖에도 못 나갈 정도면 이미 죽은 목숨이지 않을까?'

불현듯 든 생각에 죽기 전 집 앞에는 나가 보자 싶어, 억지로라도 혼자 걷고 계단 오르내리기를 반복했다. 그리고 사고 난 지 1년이 지났을 무렵부터는 지팡이를 짚고 집 앞뜰까지 나갈 수 있게 되었다.

아직도 팔은 제대로 구부려지지 않고, 손목도 잘 꺾이지 않아 밥은 포크로 먹어야 한다.

제사 지낼 때는 더 이상을 절을 할 수도 없고, 땅에 떨어진 동전을 줍는 건 언감생심이다.

젊었을 땐 덤블링도 하던 나였는데, 이제는 침대에서 내려오는 것도 신경 쓰지 않으면 중심을 잃고 넘어진다.

내 머리는 아직도 방방 뛰어다니던 몸을 기억하고 있지만, 현실의 나는 그러지 못한 괴리감이 크다.

장루를 평생 달지 않게 된 것만으로도 참 감사하지만, 워낙 장을 많이 잘라냈기에 배변 조절이 어렵다.

하루에 7~8번씩 화장실을 간다.

심할 때는 외출 전 팬티를 두세 장 넉넉히 챙기지 못하면 난감한 일이 벌어지기도 한다.

책을 읽다 보면 처음 내용이 기억이 잘 나지 않고, 이미 봤던 영화를 봐도 처음 보는 것 같았다.

이렇게 사고 이후 변해 버린 몸과 잃어버린 신체적 자유는 무기력과 자격지심으로 이어졌다. 전과 다른 모습에 남들이 나를 우습게 여기는 것 같아 자존심이 많이 상하더라.

하지만 이젠 망가진 몸은 사고 전으로 되돌릴 수 없고, 그런 내 자신을 부정하는 건 의미가 없다는 걸 잘 알고 있다. 그래도 팔다리는 달려 있으니 고맙다는 마음으로 살고 있다.

지금도 끊임없이 날 괴롭히는 통증은 교수님이 시킨

대로 제시간에 약을 먹고, 요가할 때 사용하는 고무줄을 다리에 끼우고 당기는 운동을 하며, 틈나는 대로 지압 신발을 신고 운동을 하는 식으로 극복하고 있다.

결국 내가 해야 한다. 내 의지가 없으면 아무것도 되지 않는다.

그림자만이라도

내 아내는 한평생 가정과 자식을 위해 살아온 억척같은 여자이다.

강한 생활력과 긍정적인 성격으로 여태껏 한 번도 다른 사람과 다툼 없이 살아왔다.

뼈 마디 마디가 벌어지는 통증에 신음하고 있을 때, 아내는 나의 손을 꼭 잡고 이렇게 말했다.

"사실 당신 중환자실에 있을 때, 복도에서 하염없이 당신을 기다리며 아이들과 장례 준비를 했었어.

선산으로 모시는 게 좋을까 이런 얘기하면서 말이야.

그때 난 당신 그림자만이라도 비쳐도 좋으니, 살아만

있으라고 빌었어.

그러니 당신 아무 걱정도 하지 마.

지금도 난 당신이 내 곁에서 그림자만 드리우고 있어도, 숨만 쉬고 있어도 좋아."

자식들은 다 커서 자기들끼리 각자 알아서 산다고 해도, 가장이라는 사람은 몸을 제대로 움직이지도 못하니 본인이 감당해야 할 고통이 정말 컸을 거다.

하지만 아내는 살아 있는 것만으로도 고맙다고, 넘어져도 이만이면 다행이라고 말하고 있다.

아프고 힘든 건 어쩔 수 없지만, 가족은 이렇게 곁에 있으니 마음을 비우고 살자고 한다.

지금 이 순간부터는 인생의 2막이 시작되었다는 생각으로 마음을 비우고, 숨이 멎는 날까지 행복하고 즐겁게 살아가련다. 공짜로 사는 인생이니까 재미지게 살아 볼 생각이다.

나의 사고 = 가족의 짐

교통사고를 당하면 환자만 피해를 보는 것이 아니다. 가족 모두가 피해를 입는다.

당장 가족 중 누군가가 간병을 해야 하고, 간병을 떠맡은 사람의 일상은 무너진다고 보면 된다.

이 사람의 피해 보상은 누가 해 줄 수 있을까?

간병인을 고용하는 것도 쉬운 건 아니다. 나도 3개월 간은 간병인을 썼지만 하루에 10만 원에서 11만 원까지 현금으로 나가다 보니, 병원비보다 오히려 지출이 컸다. 같은 병실의 사람들도 간병비가 없어 가족들이 돌아가며 간병하다가 불화가 생기는 것도 많이 봤다.

외상 환자는 몸만 치료한다고 끝이 아니다

상대는 60톤 트레일러 운전자였고, 아직도 소송 중이다.

상대방 100프로 과실로 변호사를 선임했지만, 가해자 측 보험회사는 나의 과실도 있다고 주장하고 있다. 나의 과실이 아니라는 걸 증명하기 위한 각종 진단서 발급에 교수님이 많은 도움을 주셨다.

온통 영어로 된 의학용어라 상대 측이 이해하지 못하는 헤프닝도 있어, 한글 진단서로 전부 다 바꿔서 써 주시기도 했다. 하지만 증거자료나 서류는 진단서 한 장으로 해결되는 건 아니다.

진단의 타당성을 검증하기 위해 법원이 지정한 제3의 의료기관에 가서 다시 모든 검사를 받아야 한다. 잘 움직여지지도 않는 몸을 이끌고 하루에 수십 번 화장실을 들락거리려야 하는 장 합병증을 가지고 있는 상태에서 말이다. 내 아픔을 증명하기 위한 과정에서 이런 고통은 전혀 반영이 되지 않았다. 검사를 받기 위해 오가며 지출한 교통비 역시 오로지 자부담이다.

정보가 필요해

암과 같은 질병 치료와는 달리, 외상 환자들은 앞으로의 치료, 보험, 법적인 문제 등에 관한 정보가 많지 않다. 환자는 투병 생활을 하는 와중에 소송 등 법적인 문제를 해결해야 하는 경우가 많다. 그래서 경제적인 문제와 소송 등 각종 문제 해결에 시달리고 바쁘다 보니, 정작 내 몸은 어떻게 치료되고 있는지 놓치기도 한다. 수술하고 나서 실밥은 언제 뽑고, 몸에 박은 핀은 몇 개월 뒤에 제거 가능하며 재활치료를 하면 좋을지에 관하여 정리된 자료집이 있으면 참 좋겠다는 생각을 한다.

"어디 이상 없죠? 운동 좀 하세요."라고 말만 하고 지나가 버리면 환자들은 정작 궁금한 것들을 해결할 수가 없다. 교통사고 환자의 치료 과정, 예후, 법적인 문제 대처 방법 등을 잘 정리하여 환자와 보호자들에게 제공된다면 막연한 불안감이 해소될 수 있을 것이다.

외상 환자의 사회 복귀 제도의 필요성

외상으로 인해 장애가 생기면 순식간에 정상인에서 사회 소외계층으로 전락하게 된다.

특히나 젊은 사람들은 앞길이 구만 리인데, 불의의 사고로 인한 장애는 그들의 날개를 꺾게 된다. 불가항력적으로 장애를 가지게 된 외상 환자들이 사회에 동참할 수 있는 제도가 마련되었으면 좋겠다.

예를 들어 중증 외상 장애환자들을 채용하는 회사는 정부 차원에서 국세 혜택을 제공하는 제도와 같이, 그들을 감싸 줄 수 있는 보조자 역할을 해 준다면 사회의 일원으로서 인정받음과 동시에 자립에 기반이 되는 경제활동을 할 수 있을 것이다. 정부에서 복지 정책을 세세하게 점검하여 보완해 주었으면 하는 바람이다.

외상 환우회

장예림 교수님 외래 진료에서 환자들의 모임을 결성한다는 얘기를 들었다.

처음엔 교수님이 주도하는 큰 모임이라고 생각해 겁이 났다. 교수님은 반드시 말을 해야 할 필요는 없으니 참석만 해도 된다고 하셨다.

환자들은 각자 다친 부위나 정도가 다르다. 또한 겉으로는 멀쩡해 보이면 남들은 고통을 알 수 없다.

외상 환자들은 사회에 나가 홀로 서기를 하게 되면, 사회생활에 누가 되지 않도록 최대한 아프지 않은 척하기 때문에 정작 본인에게는 신경 쓸 겨를이 없다. 고통은 각자의 몫으로 혼자서 삭혀야만 하는 것이다.

그런데 환우회에서는 그 고통을 입 밖으로 풀어낼 수 있으니 마음이 편해지고 동질감을 느낄 수 있었다. 각자 얼마나 아팠는지 허심탄회하게 털어놓을 수 있고, 괴로움을 극복했던 경험을 공유하며 배울 점도 많다. 그래서 나에게는 참 고마운 자리이다.

지금은 얼굴만 봐도 반갑고, 가족같이 여겨지고 애틋한 마음이 든다.

한 달에 한 번밖에 보지 못하지만, 다시 만날 날을 기다리게 된다.

나와 같은 외상 환자들에게

제가 항상 하는 이야기인데, 재활 치료는 본인 자신의 의지가 가장 중요한 것 같아요.

꼭 나아야겠다는 신념 하나를 머릿속에 항상 가지고 있다면, 그게 행동으로까지 이어질 수 있을 거예요.

내가 꼭 나아서 활동할 수 있을 거라는 바른 생각, 혹은 집념을 가지실 것을 다른 환우분들에게 적극 권하고 싶습니다.

난 안 될 것 같다고 포기한다면, 활동까지 줄어들어 회복이 늦어질 거예요.

욕심을 부려서라도 상황을 본인에게 좋은 쪽으로 만들겠다는 의지가 가장 중요합니다.

마지막으로 다른 외상 환자분들의 고통과 어려움이 이 글로 말미암아 조금이나마 위로가 된다면 저는 더 바랄 것이 없습니다. 지금까지 서울대학교병원 외상외과 장예림 교수님의 진료에 힘입어 이렇게 생활할 수 있다는 점 깊이 감사드립니다.

회상센터

닥터의 회상

"배 아파! 배가 너무 아파! 아이고 배 아파!"

자정을 넘긴 시각, 외상센터 응급실로 실려온 맹선호 님은 배를 부여잡고 절규에 가까운 비명을 질렀습니다. 60톤 트럭과 정면충돌하면서 자동차는 반파되었고, 운전대가 배를 짓이겨 복부 장기가 터져 나갔습니다. 부서지고 으스러진 장기들이 뿜어내는 피로 인해 배는 점점 부풀어올라 톡 건드리면 터질 것만 같았습니다.

"선생님 수축기 혈압 70도 안 됩니다. 이러다가 어레스트(심정지) 나겠어요!"

혈압이 곤두박질 칠수록 맹선호 님의 비명소리는 잦아들었고, 이내 정신을 잃었습니다. 대량 출혈로 혈압이 잡히지 않는 중증 외상 환자들에게 어디에서 피가 나고 있는지 확인하기 위한 CT와 같은 각종 검사를 할 여유는 허락되지 않습니다. CT를 찍으러 들어가는 그 찰나의 순간마저 자칫 심정지가 발생할 수 있기에, CT 통 안이 '죽음의 터널'로 변할 수 있기 때문입니다.

이럴 경우 환자를 이승에 조금이라도 붙들어 놓을 수 있는 유일한 대안은 REBOA(Resuscitative Endovascular

Balloon Occlusion of the Aorta, 대동맥 내 풍선폐쇄 소생술)입니다. REBOA란 넙다리 동맥을 통해 풍선이 달린 긴 도관을 대동맥에 넣고 풍선을 부풀려 대동맥을 임시로 막음으로써, 심장에서 나오는 피가 터진 장기로 뿜어져 나오지 않게 임시 지혈을 해 주는 장비입니다. 2018년 당시 우리나라는 REBOA 장비를 구하기 어려웠습니다. 다행히 이치영 사장님이 REBOA 장비를 일본에서 수입하여 상당량을 외상센터들에 무상으로 제공해 주셔서 맹선호 님과 같은 분들을 살릴 수 있었습니다.

REBOA 도관을 넣기 위해 넙다리 동맥을 천자하자, 검붉은 피가 힘없이 툭툭 떨어졌습니다. 이미 온몸의 피가 바닥나 다리 혈관까지 도달할 수 있는 피마저 부족했습니다. 도관을 넣고 풍선을 부풀리자 바닥을 치고 있던 혈압은 조금씩 올라갔고, 마침 수술방 준비가 되었다는 마취과 연락에 곧바로 수술장으로 올라가 수술을 할 수 있었습니다.

응급실에서 머리부터 발끝까지 부서지고 터져 나간 중증 외상 환자들의 상태를 파악하고 응급 처치를 할 수 있는 시간적 여유는 그리 많지 않습니다. 며칠 몇 주에 거쳐 CT, MRI, 조직검사를 통해 병명과 병기를 확인하는 암환자들과는 달리, 응급실 도착 후 수 분 안에 잠정진단을 내리고 어떤 치료를 해야 할지 결정하지 않으면 중중 외상 환자들은 수술방이나 중환자실이 아닌 장례식장으로 향하기 때문입니다. 뿜어져 나오는 피를 틀어막고 생명의 불씨를 꺼트리지 않기 위해 응급실에서 사투를 벌일 때마다, 외상외과 의사는 참으로 외롭다는 생각이 들곤 합니다. 그럼에도 이 직업을 소명으로 삼을 수 있는 건, 그렇게 살아 돌아온 환자들이 건네는 말 한마디 때문이지 않을까 싶습니다.

"저를 살려 주어서 감사합니다. 선생님."

장애인이 되었습니다

지희선

나는 수족관을 운영하고 있다. 인간과 마찬가지로 물고기도 살아가려면 산소가 필요하다.

현장에서 작업을 하거나 이동할 때는 크기가 큰 고압 산소통을 가져갈 수 없기 때문에, 휴대하기 편하도록 작은 통에 소분해서 가져가곤 했다. 그날도 어느 날처럼 지방 작업에 필요한 물품을 준비하고 있었다. 지금까지 괜찮았으니 별일 없을 거라는 나의 안일한 생각이 결국 대형 사고로 이어졌다. 작업 도중 산소통이 터졌고, 통을 잡고 있던 왼쪽 손과 왼쪽 다리도 같이 터졌다.

누군가가 119를 부른 것까지만 기억이 난다.

"환자분! 눈 떠 보세요! 여기가 어딘지 아시겠어요?"
정신을 차려 보니 서울대병원 응급실이었다.
왼쪽 손가락 일부와 왼쪽 다리를 살릴 수 없어 절단을

해야 한다고 했다. 손과 다리를 잘라야 한다니 무서울 법도 한데, 어차피 안 자르면 죽을 테니 자르라고 의연히 말하곤 다시 기억이 사라졌다. 나중에 알게 된 사실이지만 당시 피를 너무 많이 흘려서 대량 수혈이 필요한데 병원에 피가 부족했다. 아내와 아들의 연락으로 나의 친구들, 지인, 조카들, 아들의 친구들까지 많은 사람들로부터 헌혈증서 전달과 지정 헌혈이 이루어진 덕분에 무사히 수술을 마칠 수 있었다고 한다. 일반 병실로 옮겨진 후에 교수님께서 지정 헌혈을 그만해도 된다고 말씀해 주실 정도였다. 같은 상가의 동료 상인들과 거래처의 사람들까지 나를 도와줄 줄은 정말 몰랐다. 내가 그동안 인생을 올바르게 살았나 보다라는 생각이 든다.

　다시 눈을 뜬 곳은 중환자실이었다.
　약에 취한 것처럼 눈 앞이 번쩍거렸고 어지러웠다. 수술은 잘되었다고 하는데, 당시의 기억은 '아프다'라는 것 말곤 없다. 진통제와 진정제를 같이 들어갔는지, 까무룩 잠이 들었다가 깨어났다를 반복했다. 하지만 정신이 들 때면 절단한 손과 다리가 너무 아팠다. 심한 통증이 있을 때마다 간호사 선생님이 오셔서 곧바로 조치해 주셨지만, 그래도 많이 아팠다. 아플 때 누르라고 준 무통주사도 효과가 없어서 마약성 진통제 패치도 가슴에 붙였다.

갈증도 너무 심했다. 수술 후 아무것도 못 먹게 하니 혀와 입술이 타 들어가는 갈증에 거즈에 물을 조금만 묻혀서 달라고 애원했다. 다행히 이신애 선생님이 거즈로 입술을 적시는 정도는 괜찮다고 했다. 그것만 해도 살 것 같았다.

그렇게 3일 정도 중환자실에 있다가 2차 수술을 하고 일반병실로 갔다.

내가 나를 이기는 법

일반병실로 온 후 열흘간은 제대로 먹지도, 잠에 들지도 못하고 계속 눈물만 났다.

'왜 나에게 이런 일이 생겼지.'

'그때 조금만 조심했더라면 이런 일이 없었을 텐데.'

온갖 후회가 밀려왔다. 믿지도 않았던 하나님, 부처님과 조상님들까지도 원망했다.

하지만 서서히 시간이 흐르면서 차츰 이성을 찾아갔고, 그래도 직원이 다친 것보다는 내가 다친 것이 낫다는 생각으로 내 자신을 위로했다. 내가 무너지면 우리 가족이 더욱 힘들 것이라는 걱정도 들어 정신을 차려야만 했다.

내가 시도했던 첫 번째 방법은 혼자 생각하는 시간을 최대한 줄이는 것이었다. 주변이 조용하고 잠이 오지 않을 때면 별생각이 다 들곤 한다. 그래서 나는 생각할 시간을 줄이기 위해 많은 노력을 기울였다. 낮잠도 자지 않고 많이 움직여 몸을 피곤하게 하면, 수면제를 복용하지 않아도 잘 수 있었다. 그래도 잠이 오지 않을 때는 책을 읽거나, 옛날에 배웠던 시조를 써 보는 방법으로 하룻밤을 꼬박 새워 다음 날 깊이 잘 수 있게 했다.

두 번째 방법은 지금의 나를 인정하고, 장애인으로 살아도 이 세상을 떠나는 그날까지 멋지고 즐겁게 살다가 가겠다고 다짐하는 것이다. 앞날이 밝고 좋은 일만 가득할 것이라는 생각이 큰 도움이 되었다.

혼자 스스로 운동도 많이 했다. 교수님은 재활의학과에 협진을 내서 재활치료를 하자고 했지만, 나는 그냥 혼자 한다고 했다. 왜냐하면 물리치료실에 가서 오래 기다리는 문제도 그렇고, 남은 오른쪽 다리와 오른손으로 스스로 움직일 수 있으니까. 딱 한 번 물리치료실 가서 재활치료를 받아 봤는데, 전부 다 못 움직이고 아주 중한 사람들만 있어 내가 방해하는 것 같았다. 그래서 간병인이랑 휠체어 타고 병실 복도를 하루에 수 바퀴를 돌았다. 그때는 의족 없이 목발만 짚고 한 발로 다녔지만, 스스로 할 수 있다고 다짐하면서 병실에서 윗몸 일으키기도 하고, 한 쪽 발로 중심 잡는 운동도 했다. 유튜브로 재활운동을 찾아보기도 했지만 나 자신을 제일 잘 아는 사람은 나니까, 남은 오른발과 오른팔을 어떻게 하면 강화할 수 있을지 고민을 많이 했다. 물론 수술 부위 통증과 환상통도 있었지만 어차피 이 상태로 평생 살아가려면 이 정도 통증은 감내해야 한다는 생각으로 웬만하면 참았다. 정신적으로 힘들 때면 심신을 안정시키기 위해 간병인 여사님과 둘이 서울대병원 휠체어 투어를 기획했다. 지하 3층에서 지상 2층까지 오르내리며 이것저것 구경했다.

비록 병실에서는 여전히 침대에 누워 대소변까지도 다 받아내야 했지만, 담당 의료진 선생님들과 간호사 선생님들의 노력 덕분에 상처 부위와 통증이 많이 좋아지기

회상센터

시작했다. 장예림 교수님을 포함한 의료진들이 매일 회진을 돌면서 치료 방식을 설명해 주셨고, 이신애 교수님도 관심을 두고 수시로 들러 상태를 물어봐 주셔서 많은 위로를 받았다. 이렇게 최선을 다해 주시는 의료진의 진심이 느껴져 너무나 감사했다. 그렇게 한 달간의 치료가 끝나고 앉은 채로 생활할 수 있는 정도가 되자, 나는 서울대병원을 퇴원해 국립교통재활병원으로 갔다.

재활치료, 그리고 다시 서울대병원

국립교통재활병원에서 본격적인 재활치료를 시작하였다. 프로그램마다 치료사 선생님들이 환자의 상태에 맞추어 근력운동과 정신 상담, 약물치료 등을 상세하게 지도해 주셨고, 이구주 교수님이 매주 수요일마다 병실에 들러 상태를 확인해 주시면서 나에게 맞는 프로그램을 짜 주셨다. 운동을 잘하고 있다며 교수님께서 격려해 주실 때면 힘이 나고 자신감도 생겼다. 나는 교수님이 처방해 주는 것보다 더 많은 시간 동안 운동을 했다. 매일 아침에 1시간과 저녁에 2시간씩 운동을 하다 보니 한 발로 균형조차도 잡지 못하던 상태에서 두 손을 놓고 한쪽 발로 10분씩 서 있기도 하고, 앉았다 일어날 수 있을 정도까지 되었다.

간병인 여사님도 나를 가족처럼 성심성의껏 간병해 주었다. 나도 다치기 전까지는 잘 몰랐지만, 병원에 있다 보니 보험의 중요성을 절실하게 느꼈다. 간병보험은 필수로 갖춰 놓는 것이 좋다. 특히 재활병원에서는 간병인이 상주해야 하는데, 간병비가 비싸서 금전적으로 많은 부담이 되곤 한다. 비록 나 또한 보험설계사의 권유로 의도치 않게 가입한 것이었지만, 병원 생활을 하며 많은 도움을 받았다. 상해 부분이 포함된 보험에 가입해 두면 많은 외상 환자에게 도움이 될 것이다.

몸이 완치되지 않은 상태에서 재활병원으로 이동하다 보니 절단된 다리의 환부에 생긴 염증이 잘 치료되지 않아 다시 서울대병원으로 입원하게 되었다. 당시에 병실이 부족하여 암 병원에서 암 환자들과 두 달간 암 병동에서 함께 생활하며 심리적으로 힘들었다. 수술 후 병실로 올라오는 환자들이 밤에 마취가 풀리면서 아픔을 호소하여 잠을 제대로 이루지 못했다. "나도 아플 때 저렇게 힘들어했겠지."라고 이해하려 했지만, 특히 상태가 악화되어 다시 중환자실로 이동하는 환자들을 볼 때면 많이 위축되곤 했다. 병원 사정상 불가피한 상황이었다는 것은 알지만, 같은 질환의 사람들끼리 병실을 배정하여 서로 심리적인 도움을 받게 해 주었으면 하는 바람이다.

한번은 손목의 상처가 지속해서 쑤시고 아파서 다리 상처를 소독해 주시는 정형외과 선생님에게 통증을 호소한 적이 있다. 하지만 시간이 지나면 자연스레 나아질 것이라는 답변만 돌아왔다. 이후에 회진을 오신 외상외과 교수님들께 손목 상처의 확인을 요청해 속에서 곪아 가고 있는 염증을 발견하였다. 즉시 조치를 해 주신 덕분에 통증은 줄어들 수 있었지만, 의료진이 먼저 더욱 세심한 주의를 기울여 주었다면 불필요한 고통을 겪지 않았을 것이라는 생각이 들었다.

대부분 외상 환자가 처음 병원에 입원할 때면 자신의 상태에 관하여 잘 알지 못하는 상태에서 심리적으로도 많이 위축되어 있다. 이 시기엔 의료진의 자세한 설명과 함께 격려의 말 한마디는 힘든 병원 생활에서 환자들에게 큰 위로와 감동이 될 것이다.

그렇게 2개월에 걸친 염증 치료를 끝내고 다시 재활병원으로 돌아왔다. 절단된 환부의 부기가 많이 빠져 의족을 맞추어도 된다는 교수님의 말씀에 병원과 연계된 업체에 의족 제작을 의뢰하였고, 의족을 착용하며 걷는 연습을 시작했다. 재활치료사 선생님과 교수님의 지도하에 많은 연습을 하다 보니, 얼마 지나지 않아 지팡이를 짚고 걸을 수 있는 경지까지 도달했다. 정해진 운동 시간이 끝난 후에도 아침, 저녁으로 2시간씩 계단을 오르내리는 연습을 하며 두 달을 보냈다.

그리고 '이제는 현실에서 부딪혀 보자.'라는 생각으로 7개월 반의 병원 생활을 정리하고 퇴원하였다.

한 번 넘어지면 한 가지를 배운다

하지만 현실의 벽은 결코 만만치 않았다. 병원은 모든 바닥이 평탄했지만, 현실은 모든 것이 장애물이었다. 계단은 난간이 있어서 비교적 쉬운 편이지만, 울퉁불퉁한

회상센터

길바닥은 조심하며 걷는다 하더라도 작은 턱에도 걸려 넘어지기 일쑤였다. 걸리고 넘어지기가 몇 번이었는지 모르겠다. 왼쪽 팔꿈치는 다친 곳을 또 다치며 성할 날이 없었다. 하지만 시작이 있어야 결과도 있는 법이다.

'한 번 넘어지면 한 가지를 배운다.'라는 말을 마음속에 새기고 "나는 할 수 있다."라고 외치며 다시 일어났다.

계속된 도전 덕분에 지금은 넘어지지 않고 간단한 생활은 혼자서 다 할 수 있게 되었다. 집에서 직장까지는 약 800m를 걸어야 한다. 처음에는 긴 시간이 걸렸지만, 그래도 이제는 '굴곡진 내리막길은 발을 옆으로 내딛으며 가야 한다.'라는 요령도 생겨 잘 걸어 다닌다. 한 번 넘어질 때마다 한 가지 새로운 것을 배우긴 하지만, 넘어지지 않기 위해선 결국 많은 연습밖에 방법이 없다고 생각한다. 더 많은 연습을 하다 보면 지금보다 할 수 있는 일은 더 많아질 것이다.

할 수 있는 것과 없는 것의 경계

일상생활이 많이 변했다. 이제는 할 수 있는 것과 없는 것이 분명해져서, 할 수 없는 것은 제쳐 두고 할 수 있는 것을 찾아 나서기 시작했다. 어떤 것은 어느 정도까지는 할 수 있겠다 싶고, 어떤 것은 도전해 봐야겠다는 생각이 들기도 한다. 특히 업무에 있어서는 퇴원하기 전부터도 내가 할 수 있는 부분은 직접 해내려 했다. 견적도내고, 작업 지시도 하며 직원들이 하지 못하는 일을 내가 병원에서 해결해 주기도 했다. 퇴원한 뒤에는 목발을 짚고 현장에 나가니 다들 놀라며 안타까워했다. 그럴 때 나는 "작업하다 실수로 다쳤지만 괜찮다."라고 말한다.

십 수 년 전부터 이어져 온 나의 거래처들은 작업자들만 보내는 것보다 내가 직접 현장에 와 주기를 바란다. 나의 전문성을 인정하며 일을 맡기는 것이기 때문에, 몸이 불편하다는 이유로 현장에 가기 어려울 것 같다는 말을 차마 할 수가 없다. 그래서 내가 직접 나서서 꼼꼼하게 감독하고, 하자 없이 완벽하게 마쳐야 한다. 사고 전에는 내가 직접 현장에서 함께 일을 하니까 완벽하게 마무리되었는데, 이제는 직원과 기술자의 손을 빌려야만 해서 더욱 열심히 체크하려 한다. 지금은 직접 운전하여 현장을 다니고, 상담하여 견적을 내고, 관상어 어병(魚病) 치료까지도 혼자 해내면서 바쁘게 생활하고 있다. 가게 운영과 직원 월급이 밀리지 않을 정도로만 경제적인 유지를 하고 있지만, 앞으로는 점점 더 좋아질 것이다.

지금도 가끔 환상통에 몸이 아플 때가 있다. 절단된 무릎, 발등, 발가락, 손가락이 아직 남아 있는 것 같이 저리고 아프게 느껴진다. 병원에서 약을 처방해 주셨는데, 처음에는 약이 너무 독해서 얼굴과 다리가 부어오르는 부작용을 겪었다. 가장 약한 약으로 줄인 지금은 참을 만한 아픔과 저리는 느낌이 조금씩 들곤 하지만, 시간이 지나며 차츰 무뎌지는 중이다. 2개월에 한 번씩 재활의학과 교수님에게 상담과 약물 처방도 받는다. 의족을 차고서 생활하다 보니 한쪽으로만 근육이 발달하는 것 같아 교수님께 상의 드렸다. 교수님께서는 몸의 균형이 조금 틀어진 것 같다며 x-ray 검사를 권해 주셨고, 상태를 점검한 후에 몸에 맞는 자세와 운동 방법을 알려 주셨다.

모임에 나갈 때면 친구나 지인들은 내가 열심히 살아가는 모습을 보며 힘을 얻는다고 농담 삼아 이야기한다. 형제들을 비롯해 나를 아는 모든 사람은 나를 보며 안타까워하곤 한다. 하지만 한편으로 나는 이렇게 장애를 갖게 된 후에 우리 가족과 형제자매 간 더욱 단단한 결속력이 생긴 것 같다는 생각이 든다. 아이들은 말이라도 본인들이 있으니 걱정하지 말라 하고, 형제자매 간에 오가는 많은 관심과 배려 속에서 따뜻함을 느낀다.

재활을 하며 도전해 보고 싶은 일 중 하나가 남산에 걸어 올라가는 것이었다. 한참을 걷다 보니 흙길이 나와 처음엔 잘못 왔나 보다 싶었고, 아내도 뒤돌아서 다른 길로 가자고 했다. 하지만 나는 끝까지 가 보겠다고 했다. 지팡이에 의지하며 한 걸음, 한 걸음 전진했지만 가파른 경사와 나무뿌리, 바위들이 방해되어 전신이 땀에 흠뻑 젖었다. 힘들게 정상의 광장에 도착하여 가족과 함께 사진도 찍고 서울 도심을 구경했다. 팔각정에 앉아 시원한 커피를 마시니 쌓였던 피로가 다 풀리는 것 같았고, 무엇보다도 해냈다는 성취감이 정말 좋았다. 내려갈 때도 아내는 케이블카라는 쉬운 방법을 권유했지만, 또다시 나는

회상센터

내리막길과 의족 연습을 겸해서 걸어 내려가겠다고 했다. 그리고 아들과 아내가 앞뒤에서 보좌해 준 덕분에 무사히 내려올 수 있었다. 4시간에 걸친 여정을 통해 가족의 힘이 크다는 것을 다시 한번 느꼈다.

동사무소에 장애인 등록을 하러 갔더니, 여러 가지 제도를 소개해 주었다. 장애등급에 따라 지원이 다른데, 나는 중증 장애 등급을 받아 한 달에 7만 원을 내면 120시간의 요양보호사 지원을 받을 수 있다는 안내를 받았다. 병원에서 퇴원한 후엔 환경이 크게 달라져서 여러 현실적인 문제가 마음처럼 해결되지 않으니 스스로 짜증이 많이 난다. 하지만 남들에게는 표현하기 어려워서 결국 가장 가까운 사람인 아내에게만 짜증을 부리게 된다. 아내도 한두 번 정도는 참을 수 있겠지만, 이러한 상황이 반복되면 서로 언성이 높아질 수밖에 없다.

요양보호사는 식사 준비부터 청소, 산책과 운동까지 주 5일간 6시간씩 일상에 잔잔한 도움을 주기 때문에, 이러한 지원제도를 활용하면 간병하는 사람도 일상생활을 이어 나갈 수 있다. 특히 간병하는 사람이 개인의 시간을 가지며 피로와 스트레스를 줄일 수 있다면 서로에게 큰 도움이 된다. 나 또한 '전문 간병인이 아닌 아내가 어떻게 다 맞춰 줄 수 있을까.'라는 생각은 하였지만, 몸과 마음이 지쳐 나도 모르게 짜증을 내곤 했다. 그리고 점차 시간이 흐르면서 이러한 제도 덕분에 서로가 조금씩 합의점을 찾아 나갈 수 있었다. 장애등급에 따라 지원받을 수 있는 시간이 다르니, 미래의 외상 환자들은 각자의 주소지 행정구역에서 제공하는 지원 제도를 알아보기를 권장한다.

외상 환우회

서울대병원에 입원할 당시 이신애 교수님께서 환우회의 결성 취지에 대해 말씀해 주셨다. 환우회는 비슷한 상황에 처한 사람들이 만나 각자의 장애를 극복한 과정을 공유하고 친목을 도모하는 모임이다. 모임에서 이야기하다 보면 미처 알지 못했던 정보를 얻기도 한다. 또한 나보다 더 힘든 상황에 있는 사람을 보며 위로를 받고, 내가 약간의 도움이라도 될 수 있도록 격려를 해 준다. 환우회는 어떻게 보면 서로에게 위로를 주고받는 곳이다. 그런 면에서 정말 좋다. 나보다도 아내는 더욱 그럴 것이다. 간병하는 사람들은 환자 앞에서는 말하지 못할 마음 아픈 일들이 많을 것이다. 환우회에 참석하여 서로 간에 이야기를 나누다 보면, 혼자서 답답했거나 속상했던 마음이 조금이라도 풀릴 것 같다는 생각을 해 본다.

중증 장애인으로 다시

중증 장애인의 삶을 시작한 지도 만 2년이 지났다. 63년을 정상인으로 잘 살아오다가 순간의 실수로 큰 부상을 당했지만, 외상외과 교수님들 덕분에 새 생명을 얻었다. 60여 년의 인생에서 이 7개월 동안의 병원 생활은 나 자신을 가장 깊게 돌아볼 수 있었던 시간이었다. 어떻게 보면 정신적으로 휴식을 취할 수 있었던 시간이다. 그동안 바쁜 일상을 핑계로 자신을 돌봐 주지 않았던 것이 이러한 결과를 가져온 것은 아닐지 하는 합리화도 해 보았지만, 이미 벌어진 일에 대해서 부정적으로만 생각하면 결과도 부정적이고, 긍정적으로 생각하면 모든 상황을 좋게 만들 수 있다고 생각한다.

　그럼에도 한편으로는 스스로 움직이지 못하고 타인에게 의존해야 하는 현실이 서글프게 느껴진다. 가장으로서 그리고 아버지로서 어떻게 해야 자식들에게 부담을 주지 않을지, 스스로 더 오래 활동할 수 있는 방법은 무엇일지 많이 고민했다. 사회생활을 시작한 지 어느덧 2년의 시간이 지나는 지금까지도 의족을 착용하고 생활하기가 쉽지만은 않다. 그동안 수많은 우여곡절이 있었지만, 이제는 어느 정도 불편함을 감수하며 힘이 들더라도 스스로 걸을 수 있는 한 주변 누구에게도 신세 지지 않고, 점점 더 발전하는 모습으로 사회생활을 이어 나가려 열심히 노력하고 있다.

닥터의 회상

　토요일 느지막한 오후, '57점의 기적' 주인공인 수회의 상처 치료를 하고 있던 중 응급실에서 급하게 찾는 연락을 받았습니다. 그렇게 지희선 님을 처음 만나게 되었습니다.

　왼쪽 손 일부는 이미 절단된 상태였고, 왼쪽 다리 역시 혈관 손상이 심해 결국 살릴 수 없었습니다.

　우리는 살면서 '아 손과 발은 여기에 있지.'라고 의식하며 살지는 않습니다. 병이 나거나 상처가 생겼을 때, 그제서야 비로소 온전한 신체의 중요성을 깨닫곤 합니다. 육십 평생 너무나 당연히 그 자리에 있었던 손과 다리가 한순간의 사고로 사라졌을 때의 그 심정을 우리는 감히 상상조차 할 수 있을까요?

　4달간의 기나긴 치료과정에서 단 한 번도 지희선 님은 불평이나 신세 한탄을 하지 않았습니다. 절단 환자라면 누구나 겪는 우울감조차 비치지 않았습니다. 매일 병실 회진을 갈 때면 명심보감이나 성경을 열심히 필사를 하다가, 의료진을 발견하면 환히 웃어 주던 모습이 아직도 선합니다.

"이미 발생한 일인데 어쩌겠나요. 난 원래 멘탈이 강해요. 새로 시작하는 계기로 삼으려고 해요. 괜찮아요."

늘 이렇게 말씀하시는 모습이 오히려 갑작스러운 사고로 인한 정서적인 충격을 회피하는 모습일까 걱정되어 정신건강의학과 교수님께 자문을 구해 보기도 했습니다. 돌아온 답변은 '정신건강의학과적 측면에서는 양호한 결과를 보이고 있다.'였습니다.

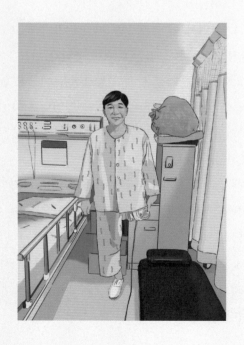

회상센터

어떤 날은 병실 침대 옆에서 누구의 도움도 없이 일어나 한 발로 서 있는 모습을 보았습니다. 아직 의족도 없고 목발도 없는데 괜찮으시냐 물었더니, 이렇게 해서라도 운동을 해야 퇴원을 빨리 할 거 아니냐며 허허 웃으셨습니다. 항상 침대에 누워 있는 모습만 보다, 그날 처음 서 있는 모습을 보았는데 이렇게 키가 크셨나 싶을 정도로 커 보였습니다. 지금 생각해 보면 단순히 키가 큰 것이 아니라 지희선 님의 의지의 크기가 그만큼 크게 보였던 게 아닐까 싶습니다.

　환자와 의료진의 관계를 떠나서, 인간 대 인간으로 참 존경스러운 분입니다. 의사인 저희가 오히려 많은 것을 배웠습니다.

　살아내 주셔서, 잘 버텨 주셔서 진심으로 감사드립니다.

당신의 손과 발이 되어 드릴게요

김태복(지희선 보호자)

우리 부부가 같이 수족관 운영한 지도 벌써 23년이 되어 간다. 남편은 수족관에 입문한 지 35년이 넘는다. 가게를 같이 운영하며 맘 편히 쉬어 본 적이 없었던 것 같다. 사고 당시 코로나 유행으로 인해 모두가 어려움을 겪던 시기였는데, 우리는 다행히도 외근 업무가 많이 들어왔다.

사고가 난 날은 토요일이었다. 가장 바쁜 시간이었는데, 손님과 물고기를 뜨며 옆을 보니 남편은 다음 날 외근을 나가기 위해 산소를 옮기고 있었다. 당시 난 '바쁜 시간이 지나고 한가해질 무렵에 해도 될 일을 왜 지금부터 하고 있나.'라고 생각했다.

그런데 갑자기 펑 소리가 났다. 소리가 너무 커서 순간적으로 머리와 귀가 멍해졌다.

고개를 돌려보니 남편이 허벅지에 손을 대고 쓰러져 있었고, 큰 산소통이 같이 넘어져 있었다. 휴대용 산소통이 폭발한 것이다. 나는 산소통이 터지면 더 큰 사고가 날 것 같아 쓰러져 있는 남편보다도 산소통을 먼저 일으켜 세우려 했지만, 너무 무겁고 크기가 커서 마음처럼 쉽게 되지 않았다. 직원 아저씨에게 산소통을 세워 달라고 도움을 청하고, 나는 남편을 무릎 위에 뉘었다. 손가락은 이미 다 절단되었고, 허벅지의 상처 또한 깊어 보였다. 남편은 의식이 없었고, 너무나 큰 충격을 받았는지 몸이 아픈 것도 모르는 듯했다.

주위의 상인들이 119에 신고를 해 준 것 같았다. 그런데 불이 났다고 신고를 해서 소방차가 먼저 도착했고, 이후에 구급차가 왔다. 구급차에 어떻게 탔는지도 모르겠다. 거즈와 붕대로 상처를 감쌌고, 구급대원들은 병원을 찾느라 여기저기에 전화를 했지만 토요일이라 병원마다 받아 줄 수 있는 자리가 없었다. 그래서 나는 가장 가까운 서울대병원으로 가 달라고 했다. 하지만 구급대원들은 서울대병원에 외상외과가 있는지조차도 모르는 듯했고, 본인 마음대로 갈 수가 없다고 하며 연락을 계속 취

했다. 사고 나고 1시간 정도 흘렀던 것 같다. 서울대병원으로부터 오라는 연락을 받아 응급실로 향했지만, 남편은 점점 정신을 잃어 가고 있었다.

응급실에 도착해 여러 가지 검사를 하고 나서 의사 선생님으로부터 다리를 절단해야 할 것 같다는 이야기를 들었다. 손가락은 내가 직접 눈으로 다친 것을 보았으니 어느 정도 예상을 했지만, 다리 절단은 상상도 못 했다. 다리 동맥이 끊어져 절단할 수밖에 없다고 하는데, 나는 기가 막혔지만 그 와중에도 담당 선생님께 의족이라도 신을 수 있게만 해달라고 부탁했다. 너무나도 긴급한 상황이라 선택의 여지가 없었다. 그 순간에도 남편의 다리는 점점 거뭇하게 변해 가고 있었기 때문이다.

수술이 끝나고 외상외과 장예림 교수님을 가장 먼저 만났다. 수술은 잘됐으니 너무 걱정하지 말라며, 병원에 있어도 내가 할 수 있는 게 없어서 중환자실에서 남편을 잠깐 만나 보고 집에 가 있으라고 하셨다. 중환자실에 누워 있는 남편의 손가락과 다리가 없어진 것을 보니 목이 메어 결국 얼굴만 보고 돌아섰다. 다행히 큰아들이 옆에

회상센터

있어서 큰 위로와 힘이 되었다.

　남편은 오래 지나지 않아 중환자실에서 일반 병실로 옮겼다. 우리는 가게를 운영하다 보니 내가 직접 간병할 수 없었는데, 때마침 가입해 둔 간병인 보험을 적용받아 전문 간병인을 고용하여 나는 출근을 계속할 수 있었다. 당시엔 코로나로 인해 병원 출입이 어려워서 간병인의 휴일마다 교대하여 1박 2일 일정으로 병간호했다. 남편의 왼손과 왼쪽 다리가 없는 것을 볼 때마다 가슴이 먹먹했다. 너무나도 큰 사고였기에, 어째서 우리에게 이런 일이 생겼을까 모든 것이 원망스러웠다. 사고가 나기 전으로 되돌아가고 싶은 심정이 간절했다. 통증으로 힘들어하는 남편이 안쓰럽고 불쌍하여 시간이 빨리 지나갔으면 좋겠다고 생각했다.

　남편은 살면서 병원 입원은 이번이 처음이었다. 간호사 선생님들도 친절하셨고, 의사 선생님들도 성심성의껏 치료해 주셔서 너무 감사했다. 장예림 교수님과 이신애 교수님이 하루에도 몇 번씩 오셔서 상태를 물어봐 주시고 신경을 많이 써 주셨다. 남편의 생일날에는 이신애 교수님이 케이크를 가지고 축하해 주셔서 정말 감사했다.

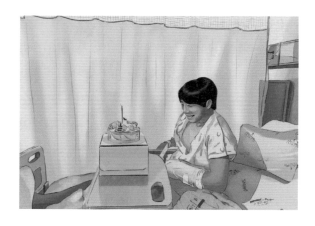

　간병인도 좋은 분을 만날 수 있었다. 중국 국적이었는데, 경력도 있으시고 남편에게 정성껏 잘해 주시니 감사했다. 어느 날 하루는 너무 힘들어서 간병인과 통화를 하다가 얼마나 울었는지 모른다. 간병인과는 지금도 연락하며 지내고 있다. 남편이 장애가 생겼는데도 밝게 병원 생활을 하고 늘 긍정적인 생각과 말을 한다며, 우리 부부 같이 인정 많고 남을 배려하는 사람은 많지 않다는 좋은 말씀까지도 해 주셨다. 중국에 오면 한번 놀러 오라고도 하신다.

회상센터

남편은 병원에 총 8개월 정도 머물렀는데, 간병비는 180일까지만 보험이 적용되어서 2달은 우리가 간병인을 직접 고용해야 했다. 그 두 달간 간병비가 매우 많이 나갔다. 600만~700만 원 정도 들어간 것 같다. 6개월의 시간 동안 간병보험의 혜택을 받을 수 있어서 참 다행이라고 생각하지만, 보험을 적용 받기 위해 장애등급과 관련된 서류를 준비해야 해서 청구하는 과정에 어려움도 많았다. 시민들을 위한 서울시 자체 상해 보험이 있고, 각 구에서 마련한 보험제도도 참고하는 것이 좋다. 이러한 제도를 알지 못해 혜택받지 못하는 분들도 많을 것으로 생각한다. 만약 미래의 외상 환자들이 장애 진단을 받았다면, 주민 센터에 방문하여 장애인 혜택에 대한 자세한 설명을 듣기를 권하고 싶다.

이후에 남편은 양평 국립교통재활병원으로 가게 되었다. 하지만 코로나로 인해 면회가 어려웠고, 집에서도 거리가 멀어 우리는 간병인을 또다시 고용했다. 그래서 나는 큰 어려움은 없었다. 요즘은 택배 시스템도 잘 갖추어져 있어서 김치나 과일, 반찬 혹은 간식 등 여러 가지 필수품을 수시로 보냈다. 이외에 나머지는 간병인 분이 지

혜롭게 잘해 주셨던 것 같다.

　나는 남편을 직접 간병하지 않았지만, 친언니들은 내가 힘들까 싶어 곁에서 많이 챙겨주었다. 일주일 정도 우리 집에 와서 집안일을 하며 위로도 해 주었는데, 만약 그때 언니들이 곁에 없었더라면 퇴근하고 집에 와서 더 힘들었을 것이다.

　당시에 나는 남편이 하던 일까지 도맡아 가게 일을 해야 했기에, 정신없이 바쁘게 일하다 보면 낮에는 남편에 관한 생각을 잠시나마 잊을 수 있었다. 그런데 퇴근하고 집에 들어갈 때면 정신적, 육체적으로 힘들었던 모든 게 밀려왔다. 혼자서 많이 울기도 했고 하나님께 기도도 했다. 나는 교회를 다니지는 않지만, 우리 가정에 큰일이 닥치고 나서 제일 먼저 하나님을 찾게 되었다. '하나님 우리 남편 살려 주세요, 도와주세요.'라고 간절히 기도했다. 하나님께 기도하고 의지할 수 있다는 것만으로도 큰 힘이 되었던 것 같다.

　남편이 병원에 있는 동안 기대 이상으로 정말 많은 분이 위로해 주시고 도와주었다. 시댁의 형님 내외와 동서 내외가 물질적으로도 많은 도움을 주셨고, 잘 챙겨 먹으며 힘을 내라고 많은 음식까지 보내 주셨다. 대장암 투병으로 같은 시기에 서울대병원 진료를 다니던 남편의 초등학교 동창은 자신도 아픈 몸인데도 불구하고 매번 병실에 반찬을 가져다주곤 했다. 교회의 장로님이 사고 소식을 접하시고 그다음 날 곧바로 오셔서 기도해 주셨고, 가게의 많은 손님들도 위로를 해 주셔서 너무나도 고마웠다. 가게 직원 두 분은 사고 당시 현장을 깨끗이 청소하시고 정리까지 해 주셨다. 두 분이 아니었더라면 정말 많이 힘들었을 텐데, 지금까지도 항상 감사하게 생각하고 있다.

그중 가장 고마운 건 지정 헌혈이다. 나의 친구들을 포함하여 남편의 친구와 자녀들, 큰아들의 친구와 회사 동료들, 작은아들의 지인들, 거래처 상인들, 단골손님 등 정말 많은 분이 지정 헌혈 혹은 헌혈증과 함께 위로금도 많이 주셨다. 병원 측에서 혈액형 이외에 지정 헌혈의 조건을 미리 알려주지 않아서 바쁜 시간을 내서 온 많은 분이 발걸음을 돌리셨음에도 불구하고, 헌혈양이 많아 남은 피는 병원에서 쓰시도록 했다. 헌혈증도 몇백 장이 들어왔지만 내가 직접 뵙고 만날 수 있는 분들의 것은 쓰지 않은 채 두었다가 다시 돌려드렸다.

'우리가 헛살지는 않았구나.' 하는 생각이 들었다. 사고가 아니었다면 주위에 이렇게 좋은 분들이 많은 줄은 미처 몰랐을 것이다. 다들 안타까워하며 위로해 주었고, 조금이나마 도움을 주려 노력하시니 얼마나 감사하던지. 살면서 남에게 베푼 게 많지 않은 것 같은데, 이렇게 도움을 많이 받아 어떻게 갚아야 할지 많은 생각이 들었다. 지금도 많은 분들께 감사하며 살아가고 있다.

남편이 국립교통재활병원으로 갈 당시에 몸의 상처가 다 낫지 않은 상태였던 것 같다. 나 또한 늦게 알게 되었지만, 겉으로는 괜찮아 보이던 대퇴부의 상처 속에 고름이 생겨 속살이 차오르지 않았던 것이다. 그래서 상처를 치료하기 위해 다시 서울대병원에 입원하여 수술했다. 하지만 상처는 여전히 낫지 않았고, 결국 나중에는 상처 공간에 인공진피를 넣어 채우는 수술을 다시 해야만 했다. 남편은 상처가 다 나을 때까지 재활병원으로 가지 않겠다고 했는데, 상처 부위를 회복하기까지 재활치료를

　　　　　　　　　　　회상센터

하지 못하여 속상하고 안타까웠다.

　모든 재활 치료를 마치고 퇴원하여 집에 돌아오니 변한 게 많았다. 남편은 손가락과 다리가 없어서 물건을 들거나 걷는 것을 힘들어했고, 사소한 것조차도 하지 못한 상태가 되니 답답했던지 나에게 짜증을 많이 냈다. 하지만 나 또한 퇴근 후에 집안일과 남편의 사소한 심부름까지 모두 해내야 해서 힘들었다. 가게에서도 무거운 물건을 나 혼자서 모두 들어야 했고, 높은 물건을 내리며 힘쓰는 일을 도맡아 하다 보니 육체적으로도, 정신적으로도 아주 힘들었다. 작년 여름엔 허리가 펴지지 않아서 병원을 자주 다닐 정도였다.

　남편은 의족을 착용하다 보니 걸음걸이도 늦고 자꾸 넘어지곤 한다. 그런 남편을 볼 때면 내가 잘 보살피지 않은 것 같아 미안하고 마음이 많이 아프다. 어느 날은 제사가 있어 청주에 있는 형님 댁에 갔다. 사고 후 처음 친척 집을 방문해서인지, 우리가 온다는 소식을 듣고 많은 친척분이 오셨다. 제사를 마치고 집으로 돌아오려 현관에서 신발을 신고 있었다. 남편의 의족이 꺾이는 바람에 뒤로 넘어졌고, 머리를 벽에 세게 박아 잠시 정신을 잃었다. 남편을 부축해서 눕히고 주변을 돌아보니 다들 너무 놀라 안타까워하며 말없이 눈물을 흘리고 있었다. 그 후 다행히 남편은 진정이 되었지만, 내가 조금만 더 신경 써서 부축해 주었더라면 넘어지지 않았을 것이라는 생각에 모든 것이 내 탓인 것만 같았다. 나도 보호자의 생활이 익숙지 않아서 남편을 부축해 줘야만 한다는 걸 잊어버리고 있었던 것 같다. 지금은 농담 삼아 웃으며 제사 지내러 갔다가 당신 제삿날 받을 뻔했다고 말하기도 한다.

사고가 난 지 2년이 지난 지금은 남편도 스스로 많은 일을 하고 있다. 집에서 청소기를 밀고, 가게에서 손님을 상대하며 어항 청소도 하고, 거래처도 다니며 웬만한 일은 혼자서 하고 있다. 하지만 장애가 있는 몸으로 일을 할 수 있다는 게 감사하면서도 걱정이 앞서는 건 사실이다. 거래처에 연못 청소를 나가는 날에는 멀찍이 서서 감독하고 지시하면 편할 것 같지만, 본인이 직접 하던 일을 남에게 시키려니 마음에 들지 않고 답답해서 하루 종일 의족으로 왔다 갔다 하느라 몸이 무척 아프고 힘들 것이다. 장애인으로 일을 하니 본인 마음처럼 몸이 따라주지 않아 실수를 반복하곤 한다. 스스로 얼마나 자책하는지, 곁에서 보기 안타깝고 마음이 아플 정도이다.

그럴 때면 나는 남편에게 "내가 있고 우리 착한 아들들도 있으니 너무 걱정하지 마, 내가 당신의 옆에서 없어진 손과 발이 되어 줄게."라고 위로한다. 하지만 한편으론 나 또한 짜증이 나고 힘들기도 했다. 어쩌다 우리에게 이런 일이 생겼나, 사고 전으로 되돌아가고 싶은 심정이 문득 떠오르기도 한다.

그래도 남편이 자책하거나 위축되지 않기를 바라며 다치기 전처럼 당당하고 자신 있게 살아갔으면 하는 마음으로 늘 기도했는데, 기도의 힘인지 남편이 생각보다 더 잘 이겨 내 주어서 정말 고마웠다. 사고 후에 은둔생활을 하게 되면 어쩌나 걱정했는데, 다행히도 남편은 불편한 몸으로도 친구를 만나고 모임에 나가며, 가게에 나와 일을 하고, 우리를 도와준 많은 분께 감사 인사를 드리러 가기도 했다. 부부 동반 모임에서 한 친구가 "나는 만약 너처럼 다쳤다면, 아마 모두 다 포기하고 은둔 생활을 했

을 거야. 너무 대단하고 자랑스러워."라며 남편을 칭찬해
주었다.

　　남편은 장애인으로서 하나씩 다시 도전하기 시작했다.
부부 모임에서 여행과 바다낚시를 갔고, 지난 추석 명절
에는 남산을 다녀왔다. 올라가다 보니 길을 잘못 선택했
다는 걸 알았지만 뒤돌아 가기엔 거리가 애매했고, 그냥

　　　　　　　　　　　　　　　회상센터

가 보자는 남편의 말에 500m 정도의 등산 코스를 걷게 되었다. 넘어질 뻔한 여러 번의 고비를 넘겨 무사히 팔각 정에 도착했다. 내려갈 때도 의족으로 내리막길을 걷는 경험을 해 보고 싶다는 말에 케이블카를 타지 않고 걸어 내려왔다. 별일 없이 무사히 다녀왔다는 사실이 너무 좋 았고, 감사한 하루였다.

  사고 후엔 친인척 형제자매들과도 더욱 끈끈한 정이 생겨 자주 안부를 전하며 지내게 됐다. 사고가 나기 전에 는 바쁘다는 핑계로 연락도 자주 못 했는데, 지금은 서로 자주 연락하며 우애가 좋아졌다. 우리 가족 또한 서로를 더욱 소중하게 생각하게 되었고, 내 목숨은 내 것만이 아 니고 가족 모두의 것이라는 걸 알게 되었다. 아들들도 부 모를 생각해 주는 마음이 더욱 깊어져 가족 간 화합이 단 단해지니 이 또한 감사하다.

  환우회에 참석하면 배울 점이 정말 많다. 밖에선 사고 에 관해서 이야기하기 쉽지 않지만, 환우회에서는 마음 편히 얘기할 수 있어 좋다. 모두가 같은 아픔을 겪어서인 지 속 깊은 이야기를 하며 서로에게 위로와 공감을 주고 받는다. 어디에서도 받지 못한 마음의 치료를 받는 곳인 것 같다. 큰 사고를 잘 이겨 낸 환우들도 대단하지만, 곁에서 간병하신 보호자들도 얼마나 많은 눈물을 흘렸을지 생각하면 내 마음 또한 뭉클해지곤 한다. 그리고 무엇보다도 남편을 살려 주신 장예림 교수님과 이신애 교수님이 함께하는 모임이라 더욱 애착이 간다. 내가 조금이나마 도움이 될 수 있다면 무엇이든지 하고 싶다.

사고가 난 후 남편에 대해 얘기할 때마다 늘 속상하여 울컥하곤 한다. 누워 있는 남편의 모습을 볼 때면 얼마나 마음이 아프고 불쌍한지, 어쩌다가 우리에게 이런 일이 생겼나 싶기도 했다. 하지만 남편은 "앞으로 장애인으로 살아가는 삶도 한번 잘 살아가 보자."라는 말을 하며 의외로 담담하게 잘 견뎌 주고 있다. 주위 많은 사람의 위로와 격려는 감사하지만, 현실적으로는 사고를 당한 본인과 보호자가 감당해 나가야 하기에 크게 와닿지는 않는다. 그래서 큰 사고를 겪어 본 환자와 보호자가 경험을 바탕으로 "난 이렇게 이겨 냈다. 당신도 지금은 힘들지만 잘 이겨 낼 수 있을 것이다."라며 멘토 역할을 해 준다면 더욱 마음에 와닿는 위로와 공감이 될 수 있을 것이다.

모든 것에 감사함을 알게 되는 날들이다. 비록 남편은 중증 장애 진단을 받게 되었지만, 더 큰 일을 막아 주려 이런 사고가 났나 하는 생각도 든다. 남편도 병원에 입원했던 시간이 평생 처음으로 푹 쉬어 본 것 같다고 말하곤 한다. 앞으로 나의 삶은 남편과 함께 모든 것을 감사하며 살아갈 것이다.

내 인생을 다시 메이크업

한연희

주변 사람들에게 들었던 이야기들과 조각난 기억들이 뒤엉켜, 사고에 대한 기억은 완벽하지 않다.

늦은 새벽 집으로 돌아가기 위한 택시를 잡으려 했다. 그날따라 유독 택시가 잡히지 않았다.

마침 내가 서 있는 쪽으로 택시가 오고 있었고, 내가 부른 택시라고 생각해 도로 쪽으로 살짝 나가 손을 내밀었다. 그리고 사고가 났다.

택시가 내 몸을 깔고 지나갔다고 한다.

처음 실려갔던 병원에서는 중환자실이 없어 서울대병원으로 이송되었다.

중환자실에서 일주일 만에 의식을 찾았다.

택시 바퀴에 몸통과 다리가 짓이겨져 일주일간 큰 수술을 3번이나 받았고, 산산조각 난 골반은 몸 밖으로 철

심을 박아 겨우 지탱하고 있었으며 왼쪽 다리는 거무죽
죽하게 변해 있었다.

'나 왜 이렇게 된 거지?'

받아들일 수 없는 몸의 변화는 통증보다 견디기 어려
웠다.

뭉개진 다리는 썩어 들어가 온몸을 공격했고, 염증 치
료를 위해 숨 쉬듯 수술실을 들락거렸다. 그 마저도 내
컨디션이 좋지 않으면 중환자실에서 염증 소독을 했다.
진통제로도 조절할 수 없는 통증에 목이 쉴 때까지 소리
를 질렀고, 내 비명 소리는 굳게 다친 중환자실 문 너머
까지 퍼졌다.

중환자실에서 일반병실로, 다시 중환자실로.

걷잡을 수 없이 퍼진 다리 염증은 전신 패혈증으로 이
어졌고, 죽을 수도 있다고 했다.

다리 전체를 다 잘라야 살 수 있단다.

"다리 절단만은 절대 안 돼요…. 나 아직 20대인데 다
리 없이 어떻게 살아요…."

하지만 몸을 집어삼킨 패혈증은 내 의식을 혼미하게
만들었고, 결국 허벅지에서 한 번, 나중엔 골반에서 다리

를 절단했다.

그렇게 왼쪽 다리는 처음부터 없었던 것처럼 사라졌다.

나 충분히 괜찮은 사람이었는데 벌을 받고 있나 보다.

밤마다 구덩이에 빠져 몸이 녹아 내리고, 칼로 가족을 찔러야 하는 꿈을 꿨다. 너무 무서워 잠들지 못하는 날들이 이어졌고, 그럴 때면 수면제를 먹고 몽롱하게 취해 있는 악순환의 반복이었다.

날마다 찾아오는 환상통도 견디기 힘들었다. 저릿저릿한 통증과 있지도 않은 다리에 진드기가 앉아 기어다닌 듯한 느낌이란 겪어 보지 않은 사람은 절대 모를 것이다.

사고 후 변한 것들

나에게 '일상'은 이제 새로운 것들로 채워지고 있다.

가장 소중한 변화는 가족과의 관계이다. 성격이나 성향이 극과 극이어서 평소 가족들과 잘 맞지 않았었다. 그런데 내가 다치고 난 후, 서로의 잘못된 부분을 고치고 이해하게 되었고 더욱 끈끈하게 뭉쳐졌다. 비록 다리 하

회상센터

나는 잃었지만, 더 소중한 가족을 얻었다.

1년에 가까운 병원 생활을 하다 보니 작은 것들에도 감사하다.

걷는 것, 하늘을 쳐다보는 것.

이런 사소한 것들을 혼자 할 수 있다는 게 얼마나 감사했던 일이었는지.

다친 지 7개월쯤 되던 날, 교수님이 휠체어를 타 보라고 하셨던 게 생각난다. 사고 이후 처음 침대를 벗어나는 순간이었고, 생각보다 휠체어 타는 건 어려웠다. 한쪽 다리가 없어서인지 엉덩이와 골반이 아팠지만, 바깥 공기를 쐴 수 있어 정말 행복했다. 나중에 의족을 맞추고 다니게 된다면 얼마나 행복할까?

다치기 전엔 조금만 스트레스를 받아도 술을 마시고 친구들과 웃고 떠드는 것으로 스트레스 상황을 회피하고 했다. 하지만 이젠 나를 힘들게 하는 것들을 피하지 않고 부딪혀 보려고 한다.

다시 살 기회가 주어진 것이니 하고 싶은 걸 다 도전해 보고 싶다.

현실적인 제약으로 포기했던 그림을 다시 그려 보고 싶고, 클리이밍도 배워 볼 것이다.

교수님께

8개월간 치료를 해 주실 때, 내가 너무 아파 소리를 많이 지르고 교수님 말도 잘 안 들었었다. 그럴 때마다 엄하게 꾸짖으셨던 교수님이 처음엔 정말 싫고 서러워서 눈물만 나왔다. 그런데 나중에 알게 되었지만, 날 살리기 위한 치료에 필요한 약이 한국에 없어 미국까지 연락해 구하셨다고 한다. 내가 너무 감정만 앞서 생각했구나 싶어 후회가 많이 된다.

이상하게 교수님 앞에서는 긴장이 되어 말이 잘 나오지 않는다.

감사하다고, 말을 잘 듣지 않아 죄송했다고 말씀드리고 싶다.

나중에 걸어 다닐 수 있게 되면 그림을 그려서 교수님께 꼭 선물로 드리고 싶다.

닥터의 회상

    2023년 가장 기억에 남는 환자를 꼽으라면 단연코 연희가 1등입니다.

    이미 저승문을 열고 들어가려는 연희의 옷자락을 붙잡고 다시 이승에 붙들어 놓기 위해, 몇 날 며칠 밤을 지새우고 고민했는지 모릅니다.

    사실 이미 응급실에 도착했을 때부터 심한 혈관 손상으로 다리는 살리기 어렵다 판단했습니다.

    하지만 연희는 나이가 너무 어렸고 그래서 '내가 정말 열심히 하면 살릴 수 있지 않을까?', '내일 회진 돌 때는 더 좋아져 있지 않을까?'라는 생각에 쉽사리 포기가 되지 않았습니다. 매일매일 썩어 들어가는 다리 조직을 걷어내고, 조금이라도 효과가 입증된 치료제가 있으면 미국 본사에 연락해 공수해서 사용해 보기도 했습니다. 연희의 안타까운 소식을 접한 의료기기 회사 직원분들이 무상으로 많은 제품을 기증해 주시기도 했습니다.

    살이 떨어져 나가는 고통에 매일 질러대는 비명과 울부짖음이 가끔은 버거워 연희를 꾸짖기도 했습니다. 하지만 사실 그건 저를 향한 꾸짖음이었습니다.

'그냥 절단하면 이렇게 매일 밤마다 주말마다 나와서 수술을 하지 않아도 되고, 나도 집에 갈 수 있는데.'

의사가 아닌 인간으로서의 생각이 환자의 비명소리와 뒤섞여 머릿속을 비집고 다닐 때마다 연희에게 강해지라고, 울지 말고 버티라고 타박했지만, 결국 그건 나를 향한 질책이었습니다.

회상센터

함께 울고 때론 웃으며 지나간 228일간의 치료, 75회의 수술 끝에 연희는 살아서 국립교통재활병원으로 갔습니다.

　끝내 다리는 살릴 수 없었지만, 기나긴 치료 과정 속에서도 좌절하지 않고 버텨주었던 긍정적인 성격의 연희라면 누구보다 잘 걸어 나갈 거라 의심치 않습니다.

　메이크업과 그림 그리기를 좋아하던 연희의 앞에 펼쳐질 새로운 인생이, 형형색색 다채롭고 따뜻한 색들로 채워져 나가길 바랍니다.

엄마랑 같이 걷자

이민영(한연희 보호자)

당시 딸아이는 일을 같이 하는 사람들과 만나 일 얘기를 하며 술을 조금 마신 상태였다.

모임이 끝난 후 사람들을 먼저 보내고, 택시를 불러 3차선 도로에서 기다리고 있었다. 그러던 중 다가오는 택시가 자기가 부른 택시인 줄 알고 건널목으로 내려와서 탈 준비를 했다.

그런데 그 택시가 차선 변경을 하면서 과속을 하여 딸을 치고 바퀴로 아이를 끌고 갔다.

처음에는 다른 병원으로 실려갔고, 검사 과정에서 코로나 양성이 나왔다. 하지만 코로나 중환자실이 없어 서울대병원으로 바로 전원 되었다.

지금에서야 하는 얘기지만, 주변 사람들에게 아이가 살려고 코로나에 걸린 것 같다며 농담 삼아 얘기한다. 어쨌든 서울대병원에서 와서 살 수 있게 되었으니까.

집에서 자다가 연락을 받고 서울대병원으로 달려갔다. 하지만 아이 상태가 매우 좋지 않아 수술실로 바로 들어갔기 때문에 얼굴을 보지는 못했다.

수술이 끝나고 나온 이신애 교수님의 표정은 어두웠다.

"어머니, 최악의 가능성을 생각하셔야 할 것 같습니다."

"최악의 상황이라뇨…?"

"다리 동맥 혈관이 끊겨서 출혈이 매우 심했고, 장기도 여러 군데 터져 있어 임시 조치만 해 둔 상태입니다. 재수술을 들어가 봐야 알겠지만, 재수술 전까지 따님이 버티지 못할 수도 있습니다."

"제발 목숨만 살려 주세요. 식물인간이 되어도 좋으니 제발 내 옆에 있게만 해 주세요."

힘이 풀려버린 다리를 가누지 못한 채 교수님께 빌고 또 빌었다.

몇 날 며칠 밤을 중환자실 앞에서 지새운지 모르겠다.

교수님은 시간과의 싸움이라 보호자가 먼저 지치면 안

되니 집에 가서 쉬라고 하셨지만, 내 딸이 죽을지도 모르
는데 내가 어찌 두 다리 뻗고 누울 수 있겠는가.

차라리 내 다리를 내어 드릴게요

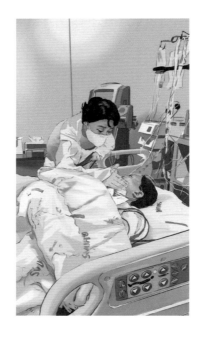

기나긴 중환자실 치료와 수차례의 수술 끝에 아이는

고비를 넘길 수 있었다.

하지만 다리 혈관이 다 끊어져 다리 절단을 해야 한다고 했다.

내 딸은 어떻게 받아들였을까?

중환자실 면회를 갈 때마다 "엄마 나 다리 쓸 수 있어?"라고 물어보았다.

엉망이 된 다리를 드레싱 할 때마다 심한 통증으로 자지러져 차라리 다리를 자르고 싶다고 말한 적도 있었다.

처음엔 나도 제발 다리만은 살려 달라고 간절히 부탁드렸다.

교수님도 어떻게 해서든 다리를 살리려고 엄청나게 노력해 주셨다. 정말 눈물겹도록 많이 애쓰셨다.

매일 수술실에 들어가 감염된 다리를 세척하고 죽은 조직을 잘라내었고, 그 마저도 다른 환자들 수술이 다 끝난 늦은 밤에 이루어졌다.

월요일부터 일요일까지 수십 날을 교수님과 전공의 선생님들이 고생했다.

여러 과의 교수님과 논의하며 다리 절단을 최대한 미뤄 보려고 하셨지만, 감염이 전신으로 퍼져 딸아이의 상태가 위험한 단계에 이르자, 결국 다리를 자르기로 결정했다.

다리 절단은 두 번에 걸쳐 진행되었다.

예전부터 절단해야 한다고 얘기를 들어 마음의 준비는 되었다고 생각했는데, 자르기로 결정한 날 병원 주차장에 털썩 주저앉아 하염없이 눈물만 흘렸다.

아직 20대 초반이고 살아갈 날이 너무 많은데, 그 살아갈 날 중에 다리 없이 살아내야 할 날들이 더 많을 텐데….

차라리 내 다리를 자르는 것으로 대신할 수 있다면 두 다리 다 기꺼이 내어주고 싶었다.

몇 시간을 지하주차장 바닥에서 울었는지 모르겠다.

때마침 전화를 걸어온 친구가 혼자 있으면 안 된다고 병원까지 데리러 와 주었다.

첫 번째 절단 수술이 끝나고 일주일 정도 지난 후에도 아이는 여전히 사경을 헤매고 있었다.

두 번째 수술이 바로 결정되었다.

골반까지 잘라내는 수술이라고 했다.

"어머니 가족들 모두 병원에 오시라고 해 주세요."

회상센터

이 수술을 받고 생존한 사람은 많지 않다고 한다.

"우리 아인 죽지 않을 거에요 선생님. 수술 잘해 주세요."

그렇게 딸아이는 다리 전체를 덜어내고 다시 한번 목
숨을 건졌다.

"엄마 나 다리 하나 없는 거 소독할 때 봤어."

드레싱할 때면 두 손으로 눈을 가린 채 울고만 있었는
데 언제 그걸 또 봤을까.

"내가 다리 한 짝으로 어떻게 살지? 이 몸으로 대체 뭘
할 수 있을까. 살고 싶지 않아 엄마. 그날 그냥 죽게 내버
려 두지 왜 나를 살렸어!"

절단 수술 이후 처음엔 딸아이는 매일 휴대전화만 들
여다보았다. 아마 현실을 잊고 싶어서였겠지.

그동안 수많은 수술과 치료로 점칠 된 고통의 연속들
을 지나, 다리 절단 이후 통증이 사그라든 때가 되어서야
본인의 감정을 제대로 느끼기 시작한 것 같았다.

사고 낸 사람을 원망했고, 왜 자신에게 이런 일이 일어
나야만 했냐고 소리지르며 울었다.

그럴 때마다 교수님은 많은 이야기를 해 주셨다.

'강해져야 한다. 사회에 나가면 더 한 일들을 겪을 텐데, 지금부터 약해지면 감당할 수 없다.'

채찍질도 하시고 당근도 주시며 해 주신 말씀들을 딸은 처음엔 많이 버거워했지만, 어느 순간 받아들이며 교수님이 읽어 보라고 주신 책도 읽고 달라진 모습을 보여 주었다.

하루 종일 휴대전화만 들여다보고 있으니 딸아이는 기억력이 많이 저하되었다.

보다 못한 교수님은 일주일에 한 권씩 책을 읽고 감상문을 쓰라고 숙제를 내주었다.

"대체 내가 이걸 해야 해?"라며 심술을 부렸지만, 어느새 곧잘 읽고 숙제도 잘했다.

살아만 준 것도 감사한데, 이젠 내 옆에서 책을 읽고 있는 딸이 참 대견했다.

엄마도 가끔은 힘들어

누구누구 엄마가 아닌, 인간 이민영은 원래부터 독립적인 성격이었다.

힘든 일이 있어도 의지하지 않고 스스로 해결하려 했다.

그런데 딸아이가 다리를 잃고 난 뒤엔, 아이 면회를 마치고 텅 빈 집에 돌아오면 도망가고 싶을 만큼 힘들었다.

비록 간병인이 간호를 하고 있었지만, 매일 왕복 4시간 운전하여 병원을 오갔다. 그러다 보니 내 몸과 마음은 돌볼 여유도 시간도 없었다. 손목과 입에 염증을 달고 살았고, 임파선까지 부어 귀가 먹먹했다.

하지만 그보다 더 힘들었던 건, 아이가 앞으로 퇴원하고 사회에 나갔을 때 요동칠 수 있는 마음과 감정을 어떻게 감싸줄 수 있는가 였다. 막막함을 넘어선 두려움이 날 무력하게 만들었다.

딸아이의 처지에서 삶을 생각하면 너무 안쓰러워 눈물밖에 나지 않는다.

그래서 지금은 그런 생각에 너무 심취해 있지 않으려고 한다.

아이가 아프고 힘든 건 당연하다고 매일 주문을 외우

듯 암시하고 있다.

남편 그리고 아들

사고가 났다고 전화를 받은 날 아이 아빠는 큰 충격으로 혈압이 올라 쓰러졌다.

아들은 갑자기 숨을 못 쉬고 헐떡이며 공황장애가 왔다.

아이 아빠와 난 또래 부모들에 비해 나이가 좀 있는 편이다. 그래서인지 사고 난 이후, 아들은 나이 많은 부모님을 대신해 앞으로 누나를 어떻게 책임져야 할지 고민을 한 모양이었다. 또래들은 하지 않아도 될 고민이었다. 이젠 본인의 삶에 누나를 포함시켜야 하니 어떤 직업을 가져서 얼마를 벌어야 할지 막중한 책임감을 가지게 된 것 같았다.

정작 나는 누나에게만 매달려 있느라, 밥도 잘 챙겨 주지 못했는데….

딸아이가 어느 정도 회복되어 재활치료를 받고 있는 지금은 최대한 밝게 가족들을 대하려고 한다.

이전에는 소홀하게 대했던 부분들을 놓치지 않으려 하

고 가족끼리 더욱 단합이 되었다.

딸아이가 병원에서 나오면 잘해 보자 우리.

감사합니다 교수님

항상 궁금했다.

대체 왜 교수님은 집에 안 가시는 걸까?

알고 보니 아이 상태가 중하기도 했고, 밤이고 낮이고 수술실이 잡히는 대로 아이 수술을 들어가야 했기 때문이었다.

만약 그렇게 올인하여 추진력 있게 치료해 주시지 않았더라면, 우리 아이가 지금 살아 있었을까 싶다.

아이도 교수님을 보면 아우라밖에 보이지 않는다고 한다. 처음엔 교수님 회진 오시면 항상 주눅이 들어 있길래 왜 그러냐 물어보니, 연예인처럼 아우라가 느껴져서 말이 잘 안 나온다고 하더라.

물론 딸아이가 교수님 말을 잘 안 들어서 많이 혼나 무서워하기도 했지만 말이다.

아무래도 나와 딸아이는 교수님께 반한 것 같다.

어느 날 아이가 밥도 잘 안 먹고 우울감에 빠져 시무룩하게 있으니, 한번은 교수님이 휠체어를 타 보자고 하셨다. 물론 아직 뼈가 다 붙지 않아 시기상조이긴 했지만, 휠체어라는 말에 이미 두 눈이 동그래진 아이였다. 간병인과 나, 그리고 교수님 세 명이서 끙끙거리며 아이를 덜렁 들어 휠체어에 태웠다.

회상센터

사고 이후 처음으로 침대를 벗어나 휠체어를 타고 병원 1층 카페에서 좋아하는 음료수를 먹었다. 당시 콩팥 문제와 장기 손상으로 인한 여러 합병증이 있다 보니 식사나 간식을 제한하고 있었지만, 그날은 교수님이 허락해 주셨다.

입원한 뒤 그렇게 아이가 웃는 건 처음 보았다.

너무 감동한 나머지 울고 있었다.

아직 수술 상처가 낫지 않아 휠체어에 닿은 엉덩이가 아플 텐데 내색하지 않았다.

"엄마 지금 무슨 계절이야?"

"가을이야."

"엄마, 내가 휠체어를 막상 타 보니까 정말 재활 열심히 해야겠다고 다짐했어."

청량한 가을 햇살만큼이나 화사했던 아이의 웃음으로 채워진 하루였다.

외상 환우회

아이가 중환자실에 있을 때 장예림 교수님과 이신애 교수님이 환우회에 참석해 보겠느냐고 물어보셨다. 사실 환우회가 있다는 말 자체가 참으로 위안이 되었다. 그저 막연하게 혼자 생각하는 것보다는 여러 사람들과 모여 이야기를 나눌 수 있기 때문이다.

다양한 사람들의 여러 경험담을 들었는데, 우리 아이와 비슷한 삶을 살고 계시는 분들을 만날 수 있어 좋았다. 심적으로 많은 위로도 받고, 필요한 정보도 얻을 수 있었다.

그리고 나중에는 내가 누군가에게 도움을 줄 수도 있으리라.

지금도 아이에게 이렇게 말해 주고 있다.

"엄마가 환우회가 가서 너와 비슷한 분을 봤는데, 어떻게 이겨 냈다고 말씀해 주시더라. 엄마는 거기서 정보도 많이 얻고, 위로도 받아. 그러니까 너도 이제 걸을 수 있게 되면 같이 가서, 누군가 너처럼 힘들어할 때 너의 경험을 얘기해 주고 위로해 주자."

회상센터

나와 같은 부모님, 보호자들에게

외상 환자 보호자들은 심리적으로 깊은 상처를 받아요.

처음에는 환자에게만 집중하느라 모르지만, 어느 순간 갑자기 힘들어져요.

그럴 때마다 잘 이겨 내서야 해요.

처음엔 다들 보호자이기 전에 사람이기 때문에, 잘할 수 있을지 두렵기도 하겠지만 내 가족이고, 내 자식인데 못 할 게 뭐가 있겠어요.

나도 아직은 엉망이라 무슨 말을 할 수 있겠냐만은, 그래도 힘내요 우리.

버킷 리스트? 희망 리스트!

지니

사고에 대한 기억은 전혀 나지 않는다.

나중에 들은 바로는 동생이 쓰러져 있는 나를 발견했고, 서울대학교병원 응급실로 갔다고 했다.

굉장히 긴박한 상황이었고 기적적으로 살아났다고 들었다. 머리, 경추, 폐, 쇄골, 갈비뼈, 골반, 다리 등등 많이 부러지고 피가 나서 시술도 하고 수술도 했다. 나의 기억은 일반 병실로 올라왔을 때부터 시작된다. 골반과 다리에 철심을 박아서 계속 침대에만 누워 있어야 했다.

그런데 희한하게도 교수님이 놀랍다고 할 정도로 회복이 빨랐다. 2주 만에 퇴원하고 바로 양평 국립교통재활병원으로 갔다. 하지만 뼈가 다 붙지 않아 처음에는 누워서 재활치료를 받았다. 조금만 건드려도 몸이 너무 아프고, 이런 치료를 한다고 해서 과연 다 나을까라는 생각만

들었다.

　가장 힘들었던 건 대소변을 누워서 처리해야 하는 것이었다. 샤워도 할 수 없어 엄마가 늘 내 몸 구석구석을 닦아 주시고 머리도 감겨 주셨다. 엄마한테 너무 미안했다.

　당시에는 내가 일어나 걸을 수 있을 것이라는 희망이 보이지 않았지만, 엄마의 정성과 응원으로 억지로라도 재활치료를 했다.

　재활병원에서는 기구치료와 운동치료를 병행했다. 처음 휠체어를 타게 된 날, 화장실 가는 연습부터 했다. 드디어 혼자서 볼일을 해결할 수 있게 되어 너무 좋았다. 죽을 만큼 다쳤지만 2주 만에 회복했던 것처럼, 재활치료도 한번 시작하니 가속도가 붙어 일사천리로 진행되었다.

　평생 병원에서만 살 수 없다는 생각에, 물리치료사 선생님에게 치료받고 싶은 부분을 명확하게 얘기했던 것이 재활에 많은 도움이 되었다. 예를 들어 오늘은 계단을 걷는 연습을 하자고 하거나, 오르막길 오르는 연습을 하자고 하는 등 병원 밖에 나갔을 때 장애가 될 만한 부분들을 해결하기 위해 먼저 제안을 했다. 물리치료사 선생님도 내가 너무 잘 따라와 주어서 고맙다고 하셨다.

엄마는 재활치료 스케줄이 없는 시간에도 걷는 연습을 많이 시키셨다. 교통재활병원에는 걷고 뛸 수 있는 운동장 트랙이 있어서, 매일 엄마와 운동장을 돌고 계단 오르내리는 연습을 했다. 24시간 엄마와 붙어 지내면 답답하고 많이 싸울 법도 한데, 사실 난 엄마와 같이 운동하는 시간이 참 좋았다. 싸울 만큼 다 싸워서 이젠 싸우지 않는달까? 사고가 나기 전에는 엄마와 사이가 썩 좋지는 않았지만, 사고 난 이후로 계속 붙어 있다 보니 같이 살아가는 방법을 배운 것 같다.

매주 목요일마다 담당 교수님의 물리치료 평가를 받았고, 드디어 목발을 짚고 걸을 수 있게 되었다. 이 무렵 코로나에 걸려 엄마와 같이 일주일 격리를 했다. 나중에는 엄마도 코로나 양성이 나와 간병을 할 수 없어 목발을 짚고 혼자 지내게 되었다. 그런데 사실 이때 그냥 혼자 걸을 수 있을 것 같아 목발을 들고 다녔더니 이를 본 교수님과 간호사 선생님들 모두 깜짝 놀라면서 퇴원을 해도 될 것 같다고 하셨다.

회복이 빠르다 보니 같은 병실에 있는 분들이 다들 부러워했다. 자신들보다 늦게 입원했는데 퇴원 얘기가 나올 만큼 재활이 잘되다 보니, 일부 내 또래 애들은 질투도 많이 했다.

드디어 퇴원하는 날, 다들 울고 난리였다. 특히 엄마가 다른 사람들과 인사하면서 많이 우셨다. 나중에 알게 된 거지만, 엄마는 남은 사람들이 안타까워서 우셨다고 한다. 사람마다 다치고 아픈 부위가 다 다르고, 노력만으로는 해결될 수 없는 부분이 있다는 것을 병원 생활하면서 처음 깨닫게 되었다.

퇴원 후에는 재활의학과 교수님이 화상면담을 할 수 있게 해 주셔서, 외래를 오가는 대신 화상으로 외래 진료를 보았다. 교통재활병원에서 처음 시작한 화상진료라고 하셨다. 많은 배려를 해 주신 재활의학과 이구주 교수님께 너무 감사드린다.

다시 일상으로

원래 살던 곳은 서울이었지만, 국립교통재활병원으로 가게 되면서 우리 가족은 양평으로 이사를 했다. 서울에 비해 전원주택도 많고 온 주위가 풀밖에 없었지만 너무 좋았다. 다만 교통은 많이 불편하다. 서울대병원으로 외래 진료를 보러 가려면 대중교통으로 3시간은 걸린다. 퇴원 후 걷는 건 가능했지만, 오래 서 있으면 골반과 다리 관절이 많이 아프다. 특히나 비가 오거나 날씨가 습하면 다리가 욱신거린다. 어르신들이 '비가 오려나 보다.'라며 무릎 관절을 주무르시던 걸 내가 하고 있으니 아이러니하다.

다리가 너무 아파 어느 날은 지하철 임산부 좌석에 앉았었다. 겉으로는 멀쩡해 보이는 처자가 임산부 좌석에 앉아 있으니 사람들이 뭐라고 하더라. 그래서 지금은 아파도 참고 서 있다.

지금은 대학교 복학해서 공부도 하고 수영도 다니고 자전거도 타고 다닌다. 매주 수요일에는 양평 노인요양원에서 자원봉사도 하고 있다. 아직도 다리 때문에 오래 서 있는지는 못하지만 요양원 어르신들 눈치가 보여 무리해서라도 서 있곤 한다.

사고 후 변한 것들

예전부터 어려운 사람을 돕는 일을 하고 싶었다. 그래

서 전공도 사회복지학으로 선택했고 사고 나기 전에는 사회복지 영역에서 어떤 일을 할 수 있을까 고민을 많이 했다. 그런데 재활병원 입원 중에 만난 사회복지사 선생님들과 많은 대화를 나누면서 장애인을 돕는 의료사회복지사가 되고 싶어졌다. 그래서 퇴원하고 몸이 아직 불편했지만 복학을 결심했다.

또 한 가지, 다치고 나서야 일상생활의 소중함을 알게 되었다. 사고 나서 꼼짝 없이 누워 지낼 때 버킷 리스트를 썼던 기억이 난다.

'혼자서 화장실 가기', '혼자서 머리 감기', '혼자서 옷 갈아 입기'

아주 사소하고 너무나 당연한 일상적인 것들이지만, 온몸에 철심을 박고 누워 지내는 동안에는 저것만 할 수 있으면 소원이 없겠다 싶었다.

사소하지만 사소하지 않았던 '희망 리스트'를 모두 해 낸 지금은 어떠한 힘든 일이 닥쳐도, 투병 기간의 경험을 떠올리며 "그래 나 이것도 버텼지."라고 생각하면 극복할 수 있을 것 같다.

의료진에 바라는 점

　재활병원 입원 중, 심한 복통과 40도에 이르는 열이 났던 적이 있다. 하지만 재활치료가 중심인 병원인지라 외래 협진을 보거나 다른 병원 외진을 다녀와야 했다. 나의 경우에는 오랫동안 누워 있어 생긴 장폐색 증상이었고 다행히 담당 교수님이 잘 치료해 주셨지만, 급한 응급 상황이 생겼을 때 외진을 봐야 문제는 해결이 되었으면 좋겠다.

닥터의 회상

병원 침대에 누워 있는 그녀는 뾰로통한 표정에 웃음기라곤 찾아볼 수 없었습니다. 물론 대부분의 중증 외상 환자들은 온몸이 부서진 통증과 현실의 우울감으로 웃음이라는 단어 조차 절망적일 때가 많습니다. 더군다나 지니(가명)는 너무나 어린 대학생이었기에, 당시 그녀의 굳은 표정은 당연히 그럴 수 있다 여겼습니다.

하지만 돌이켜 생각해 보니 지니의 표정은 굳은 것이 아니라 결연한 의지에 찬 것이었습니다.

지니가 웃는 모습을 처음 본 건 국립교통재활병원에서입니다. 병실 복도를 바삐 걷고 있는데 누군가 뒤에서 "선생님!"이라며 외치는 것이 아니겠습니까? 뒤돌아보니 목발을 짚고 뛰다시피 걸어오는 자그마한 여자아이가 보였습니다. 목 보호대를 차고 긴 머리를 출렁이며 환한 웃음으로 다가오는 지니가 너무 낯설어 처음엔 못 알아보았습니다.

"어머나 세상에 너 지니구나!"

동그랗게 함박 웃음을 짓는 지니는 너무나도 밝았고

따스했습니다.

 지니는 우리 환우회의 막내입니다.

 막내답게 애교도 많고 웃음도 많고, 쓴 아메리카노보다는 달달한 케이크를 좋아합니다.

 이젠 춤도 출 수 있을 정도로 좋아졌다며, 뉴진스의 〈하입보이〉에 맞추어 그럴싸하게 춤을 추어내는 모습을 동영상으로 찍어 보내 주기도 합니다.

 기대이상으로 빨랐던 회복속도는 그녀의 젊은 나이만으로는 설명되지 않습니다. 그 이면엔 엄마의 희생과 지니의 엄청난 노력이 숨어 있었던 것입니다.

 아직도 다친 골반과 다리가 많이 아플 텐데 씩씩하게 학교를 다니고 운동도 하고, 봉사활동도 열심히 하는 지니가 내 자식 마냥 대견합니다.

 의료사회복지사가 되어 본인이 지나왔던 아픔을 겪고 있는 환자들을 도와주고 싶다는 지니의 앞날을 응원합니다. 그녀가 보여 주었던 기적과도 같은 회복의 의지가 잔잔한 파장을 이루어 많은 환자들에게 위로가 되었으면 합니다.

연습이니까 괜찮아!

지니맘

딸아이가 사고가 났다.

요란한 사이렌 소리와 함께 119가 도착했고, 한시가 급하니 가까운 병원으로 빨리 가자는 말을 들었던 것 같다. 그렇게 응급실로 아이를 들여보내고, 나와 아들은 멍하니 서 있을 수밖에 없었다.

검사를 마치고 나온 담당 교수님께서 출혈이 심해 응급으로 피를 막는 시술을 해야 한다고 설명하셨지만 도대체 무슨 얘기를 하는 건지 귀에 들어오지 않았다.

그렇게 우리 딸아이는 인공호흡기를 달고 중환자실로 들어갔다.

다행히 회복이 빨랐던 우리 아이는 2주 만에 퇴원을 할 수 있었다. 퇴원할 때쯤 이신애 교수님이 말씀하셨다.

"국립교통재활병원 가서도 어머님이 계속 간병을 하셨

으면 좋겠어요."

당황스러웠다.

많이 다쳐서 움직이지도 못하는 아이를 어떻게 다 간호해야 되나 싶어 걱정이 앞섰다.

그런데 시간이 지나고 보니 내가 간병하길 잘했다 싶다.

교통재활병원에 와서 하루 종일 둘이서 붙어 지낸 시간들이 참 좋았다.

병원음식이 지겨우니 다른 걸 시켜 먹어 볼까 같이 고민도 하고, 서울대병원 외래 진료받으러 외출하러 나가면 같이 버스도 타고 떡볶이도 사 먹고 재밌게 보냈다.

정해진 재활치료 시간 외에도 둘이서 같이 병원 산책 코스를 돌아다녔다. 남들이 보면 둘이서 왜 저리 돌아다니나 싶었을 거다. 교통재활병원에 와서 다른 환자들을 보며 느낀 것이지만, 누워만 있으면 다리 근육이 다 빠져 엄청 얇아지고 변비도 심해지는 것 같았다. 그래서 더 열심히 딸아이와 병원 이곳저곳을 돌아다니려고 했다. 너무 많이 돌아다녀서 나중엔 외출 금지를 당할 정도였으니까.

재활병원에는 환자 및 보호자들의 사모임 같은 것이

있었다. 각자 재활치료를 마치고 자기 전 한 시간 정도 모여 이야기를 나누는 모임이다. 서로 힘들었던 점과 병원 생활, 간병 생활, 보험 문제 등을 얘기하며 서로 다독여 주고 잘 지낼 수 있었다. 같이 기분이 좋을 때면 노래를 부르기도 했다. 퇴원한 후에 지금도 계속 연락하고 만나면서 지지해 주고 응원해 주고 있다.

긍정적인 변화들

서울대병원에서 환자에게 최선을 다해 주시는 외상외과 선생님들의 모습에 감동을 받았다. 전공의 선생님들도 잠 못 자고 바쁘게 일하시는 것 같았다.

우리 딸아이가 현재 자신의 모습을 인정하고 일상으로 돌아가기 위해 아주 천천히 연습했던 것이 빠르게 회복할 수 있는 이유였다고 생각한다.

모든 생활이 연습이라고 여겼다. 연습은 틀려도 되고 완벽하지 않아도 되지 않는가?

이렇게 받아들이다 보니 긍정적인 성격이 되어, 다친 정도에 비해 빠르게 회복할 수 있었던 거라 믿는다.

외상 자체 치료뿐만 아니라 재활치료도 빠르게 잘되다 보니, 바닥이었던 아이의 성취감과 자존감이 쭉쭉 올라가는 신기한 경험을 했다.

사실 재활병원 생활이라는 건 생각보다 만만치 않다. 커튼 하나를 사이에 두고, 정말 옆 사람 방귀소리까지 다 들린다. 그런데도 딸아이는 환경 탓을 하지 않고 자기 주도적으로 변하는 모습을 보여 주었다. 교수님이 회진 오시면 본인이 먼저 더 많이 치료를 하고 싶다고 의견을 내기도 했다. 그래서 재활치료의 속도가 빠를 수밖에 없었던 것 같다.

재활치료 프로그램 중에는 물에 들어가서 하는 수치료가 특히 좋았고, 모든 치료 과정을 재활치료사가 1 대 1로 전문적으로 전담해 주는 게 상당히 좋았다. 이신애 교수님도 한 달에 두 번 정도 외진을 오셔서 수술 부위 처치를 해 주셨고, 나머지 외래 진료는 영상자료 CD를 구워서 내가 대신 가거나 비대면 화상진료를 했다. 화상진료는 국립교통재활병원에서 우리가 처음으로 한 거라고 했다. 많이 다쳐 움직일 수 없는 환자들을 위해서 화상진료는 필수적인 것 같다.

가족과 일상 속으로

퇴원하고 나서는 간병이 훨씬 수월했다. 한두 달 정도는 어디를 가든 무조건 동행했지만, 이제는 오래 걸으면 다리가 조금 아플 뿐이지 혼자서도 잘 걸어 다닌다. 그래서 이제는 간병보다는 일상생활 적응에 대한 자신감을 심어 주는 역할을 하고 있다. 우리 아이는 내가 괜찮다고 하면 정말 괜찮다고 믿기 때문에 앞으로 더 잘 회복할 것이라 생각한다.

내일 죽을지도 모르는 인생인데, 이제는 그냥 현재만 생각하고 행복하게 회선을 다하며 살고 싶은 마음뿐이다.

사고 난 딸아이를 발견하고 119에 신고한 건 아들이었다. 당시 큰 충격을 받았던지라 정신과적인 문제가 있을까 싶어 상담치료를 10회 정도 받았다. 그런데 상담선생님은 아들이 자기 스스로 어떻게 대처해야 하는지 다 알고 있어서 더 이상 치료해 줄 게 없다고 하셨다. 내가 병원에서 간병을 하고 있는 동안에도 아들은 혼자서 대회에 나가 상도 타고 열심히 지냈다. 아들이 고등학교 졸업을 하던 날, 본인이 스스로 모은 돈으로 유명한 식당에서 저녁을 대접했다. 너무 고마워서 엄청 울었다.

딸아이랑 내가 병원에 있는 동안 흔들리지 않고 자리를 지켜 준 가족들이 너무 고맙고 대견하다.

의료진들에게 바라는 점

서울대병원에 있을 때 병실에서 재활치료를 두 번 정도 받았다. 재활치료사님이 오셨을 때 욕창 쿠션을 반대 방향으로 옮기는 걸 도와달라고 요청했었다.

"저는 그런 일을 하는 사람이 아니에요."

딱 잘라 거절하셔서 상처를 받았던 기억이 있다.

재활병원에서는 응급상황에서 모든 것은 간호사 선생님께 의지해야 했다. 딸아이가 장마비로 변이 가득 차 복통이 심했던 적이 있었다. 당시 일요일이었고 당직 선생님밖에 계시지 않았다. 당직 선생님이 올라와서 보시더니 양평병원 응급실을 가 봐야 할 것 같다고 하셨다. 관장 같은 치료라도 해 주셨으면 좋으련만 많이 답답했다. 다행히 다음 날 변비약과 관장 등의 치료를 통해 아이는 좋아졌지만 응급상황 시 대처할 수 있는 시스템이 좀 더

회상센터

보완되었으면 하는 바람이다.

외상 환우회

환우회는 이신애 교수님이 문자로 연락을 주셔서 알게 되었다. 교수님이 직접 연락을 해 주시니 너무 고맙고 반가웠다. 서울대병원에 계시는 좋은 선생님들과 함께할 수 있어서 영광이라고 생각한다. 처음에는 나 혼자만 참석했고 얘기를 나눠 보니 '저 사람들도 저렇게 많이 다쳤는데도 마음이 참 따뜻하고 편안하시구나.'라는 걸 느끼며 배우게 되었다. 이후에는 딸아이와 함께 매달 빠짐없이 참석하고 있다. 보호자들을 위한 모임도 따로 있으면 서로 의지하고 지낼 수 있을 것 같다.

다른 외상 환자 가족들에게

물론 힘드시겠지만 간병은 보호자가 하는 게 좋을 것 같아요. 환자는 보호자를 엄청 의지하고 위기의 순간에서 자신만 바라보는 사람이 있다는 것 자체만으로도 큰 힘이 되거든요. 환자는 본인 몸이 아프니까 무조건 짜증을 내요. 그래도 보호자가 짜증을 내지 않고 환자에게 아무것도 아니니 괜찮다고 말해 주는 게 정말 중요한 것 같아요.

　의사 선생님도 간호사 선생님도 다 사람인지라 어떤 사정을 얘기하면서 편의를 봐주시기도 하더라구요. 우리 아이가 몸이 불편해 움직이기 힘들어 화상진료를 해 주셨던 것처럼요. 그러니 환자와 보호자들이 혼자만 힘들어하지 말고 힘든 상황을 충분히 이야기 나누면 좋을 거예요.

　아이와 저는 앞으로도 인생을 연습처럼 살아갈 거예요.
　한 번뿐인 인생이 아니라, 연습인 인생이니까 실수해도 괜찮고 잘하지 않아도 되고 살아난 것 자체가 감사할 뿐이라고 생각합니다.
　하나님께 정말 감사드립니다.

연습이니까 괜찮아!

이 얼마나 감사한 일인가

김지연

새로 옮긴 직장에 출근한 지 이틀째 되는 날이었다. 저녁 9시에 퇴근하여 마을버스를 타고 아파트 후문에 내렸다.

거기서 내 인생은 잘못되었다.

우리 집은 아파트 후문 쪽 주택가라 횡단보도가 선만 그어져 있고, 전등은 없었다. 횡단보도로 건너야지 머릿속으로만 생각하고 고갯마루 꼭대기쯤 그냥 도로를 건너가고 있었다. 그때 고갯마루 아래에서 승용차 한 대가 올라오다가, 멈춰서 있는 마을버스를 추월하기 위해 중앙선을 넘었다. 도로를 건너던 나를 보지 못한 게 분명했다. 그렇게 사고가 났다.

당시 우리 집 옆 건물 2층에 사는 사람이 쿵 하는 소리가 들려 창밖을 내다보니 내가 도로에 쓰러져 있었다고 나중에 알려 주었다. 도로에 쓰러져 있는 나를 지나가는 차들이 밟지 않도록 어떤 연세 드신 분이 정리해 주셨다고 한다. 누구인지는 모르지만 아직도 너무 감사하다.

119가 도착하고 우리 집 근처 고려대병원으로 가려고 하다가 상황이 여의치 않은지 다른 병원으로 갔다. 응급실에 도착해 2시간 동안 검사를 진행했고, 대동맥이 찢어지고 여러 군데 출혈이 발견되었다. 하지만 당시 그 병원에는 담당 전문의가 없어 서울대병원으로 전원되었다. 서울대병원으로 가기 직전 뇌출혈로 의식이 흐려져 인공호흡기도 넣었다고 한다.

난 25일 동안 중환자실에 있었다. 그런데 중환자실에서의 생활은 3~4일 정도밖에 기억나지 않는다.

뇌출혈에 대동맥 손상, 폐 손상이 심해서 오랫동안 인공호흡기를 유지한 채로 자고 있어서 그럴지도 모르겠다. 매일 갖가지 꿈만 꾸었던 것 같다. 중환자실이 마트처럼 느껴지기도 했으니까. 언제 깨어났는지는 모르겠지만, 그때 이신애 교수님을 처음 만났다. 교수님은 교통사고가 나서 병원에 왔다고, 며칠만 있으면 일반병실로 갈 거라고 했다.

당시 난 폐 손상으로 인해 스스로 호흡을 할 수 없어 목에 기관절개관을 가지고 있었다. 그래서 말은 할 수 없었지만 의료진들에 많은 감사함을 느꼈다. 말을 못 하고 먹을 수 없으니, 중환자실 간호사 선생님들이 코에 연결된 호스에 음식과 약을 넣어 주고, 움직일 수 없는 나를 대신해 기저귀도 갈고 깨끗하게 해 주셔서 너무 고마웠다.

일반병실로 가는 날, 남편 말로는 내가 온몸에 기계와 장치를 주렁주렁 달고 있어서 병동 간호사 선생님들이 놀랐다고 한다. 혼자 움직이지도 못하고 스스로 배변활동을 할 수도 없으니 손이 많이 간다며 간병인을 구하기 어려웠다. 그래서 남편이 간병을 하게 되었다. 기관절개관이 있어 스스로 가래를 뱉는 것이 가장 어려웠다. 어떨 때는 숨이 안 쉬어져 죽을 것 같은 느낌이 들기도 했다.

그렇게 치료를 받다 보니 조금씩 좋아지기 시작했다. 기관절개관도 작은 관으로 바꾸고, 온몸에 꽂혀 있던 관들도 하나씩 제거하면서 죽도 먹을 수 있게 되었다.

어느 날 교수님이 목에 있는 관을 빼 주시면서 말을 해 보라고 하셨다. 큰 소리로 말해 보라고 하길래 우리 아들 이름을 크게 말했더니, 이제 됐다고 재활치료받으러 가도 된다고 하셨다.

무엇이든 다 감사하고 다행이라고 생각한다. 내 평생에 응급실을 갈 거라고는 생각지도 못했는데, 만약 서울대병원이 아니라 다른 병원을 갔으면 중간에 잘못되었을 거다. 이신애 교수님 덕분에 살았다. 서울대병원은 우리 아들이 어렸을 때 치과에 한 번 방문한 것 말고는, 평소에는 지나다니며 그림같이 보이던 병원이었다. 우리나라에서 제일 공부 열심히 한 사람들이 있는 곳에서 내가 목숨을 구했으니, 이게 얼마나 감사한 일인가.

퇴원 후 외래를 다니면서 보니 복도에 정말 많은 환자들이 오고 있었다. 깜짝 놀랐다. 병원이 이렇게나 바쁘게 돌아가는 데에도 많은 사람들을 고쳐 주고, 또 새로운 사람들이 들어오는 모습이라니.

여기서는 청소하는 아줌마들조차도 너무나 자기 일을 열심히 하시고, 안내해 주시는 분들도 열심히 하신다. 특히 병실에 있을 때 CT 찍으러 가기 위해 이송해 주시던 이송원분들은 침대 구석에 몸이 닿지 않게 배려해 주었다. 이렇게 깔끔하게 잘 돌아가는 이 병원이 너무 멋있었다.

재활치료

일반병실에서 스스로 움직일 수 없을 때에는 재활치료사 선생님이 직접 와서 재활치료를 도와주었다. 다리 마사지를 해 주면서 기초부터 차근히 가르쳐 주어서 3일 만에 휠체어도 타고 화장실에서 대소변을 혼자 해결할 수 있게 되었다. 뇌출혈의 후유증 때문인지 말이 빨리 나오지가 않아 힘들었지만 자전거 타기, 공 들기, 런닝머신에서 걷기 등등 재활의학과 교수님이 시키는 대로 다 했다.

병실에 있으면서 참 감사했던 경험이 있다.

같은 병실에 있던 환자 분이었는데, 매일 열심히 걸어다니는 것이었다. 나는 휠체어만 겨우 탈 수 있는 상태였는데, 그분을 보며 무슨 환자가 저렇게 잘 걷나 싶어 부러웠다. 그러다 우연히 같이 얘기를 나눌 수 있었다. 그분은 한약 때문에 간이 안 좋아져 황달을 겪고 병원에 온지 3년 정도 되었다고 했다. 내가 재활치료 하면서 걷는 것이 힘들다고 말하자, 선생님이 시키는 대로 다 하고 운동하기 싫거나 힘들어도 이겨 내서 더 열심히 해야 한다고 말해 주었다. 그 환자분 말대로 병원에서 시키는 대로 열심히 했더니, 어느새 나도 모르게 복도를 누비고 걸어

다닐 수 있게 되었다. 환자라고 해서 무조건 누워 있으면 안 된다는 걸 느낀 감사한 경험이었다.

퇴원 후에는 재활병원에 가지 않고 집으로 갔다. 혼자서 움직일 수 있으니 딱히 문제될 게 없을 거라고 생각했기 때문이다. 집에서 아픈 부위가 있으면 혼자 인터넷에 검색을 해서 운동법을 찾아보았다. 인터넷 창에는 그냥 내가 아픈 그대로 검색하면 된다. 아픈 부위를 검색하고 점차 범위를 좁혀 가면서 찾다 보면 정보가 나온다. 예를 들어 '무릎 안쪽이 아프다.'라고 인터넷에 치면, 폼 롤러로 운동하고 종아리와 허벅지, 엉덩이 근육을 키우라는 이야기들이 나온다. 제일 윗줄에 나오는 정보는 병원 홍보를 위한 자료들이 많기 때문에 피하고, 나에게 필요한 것들 중에 겹치지 않는 부분을 찾는 것이다. 동영상을 보면서 계속 따라 하다 보면 요령이 생겨서 쉽게 적응이 된다.

일상생활로의 복귀

회사는 아직도 휴직 상태로 되어 있다. 부서진 어깨뼈

가 붙으려면 6개월은 더 기다려야 하는데, 일을 계속할 수 있을지 가장 걱정이다. 사정상 일은 계속해야 하는데 예전에는 계속할 수 있을 것들을 지금은 중간중간 쉬면서 나눠서 해야 한다. 다행히 산재처리가 되었고 회사에서도 도움을 주서서 그걸로 생활을 하고 있다.

부서진 쇄골과 어깨에 박은 나사 3개가 누워서 잘 때는 팔을 찌르고 살이 따끔거리는 느낌이 들곤 한다. 나중에 핀 제거 수술을 해야 하는데 사실 겁난다. 처음 수술할 땐 아무것도 모르고 했는데, 지금은 과정을 대충 아니까. 정형외과 선생님은 6개월 후에 보고 결정한다고 하셨는데, 그 선생님이 무섭기도 하고 수술 후에 진통제를 안 준다는 얘기도 많고 등등 차라리 모르면 나았을 것들을 알게 되어 약간 두려움이 있다.

기관 절개를 한 목 부위 상처도 많이 신경 쓰이면 수술하자고 하셨지만 무서워서 하지 않았다. 여름 한철에 파인 옷을 입을 땐 상처를 가려야 하니 늘 스카프를 해야 한다. 그래도 이제 크게 상관은 없다. 교통사고 치료로 인해 생긴 상처라 다른 사람들도 이상하게 보진 않는다.

원래 나는 긍정적인 성격을 가진 사람이라 입원 중에도 정신과 치료를 받은 적은 없었다. 하지만 교통사고 후에는 차들이 조금 무서워졌다. 퇴원 후 집에 왔을 때에는 도로에 있는 차들이 무서워 외출을 하지 못했다. 사고 현장 사진을 보기도 했고, 힘든 치료 과정과 현재 겪고 있는 통증이 자동차와 관련이 있다는 생각에 두려웠다. 집 앞에 사고 났던 길은 쳐다보기도 싫었다.

환우회를 처음 간 날, 끝나고 돌아가는 길에 환우분 차를 탔었다. 고마워서 얼떨결에 탔는데, 공포심이 일었다. 내색은 안 했지만 차가 흔들거리거나 다른 차가 끼어들 때는 무서웠다. 그렇게 한두 달이 지나고 차에 대한 공포심은 많이 좋아져서 이제는 장보기나 일상적인 외출을 가능하게 되었다.

외상 환우회

서울대병원을 퇴원할 무렵에 이신애 교수님이 환우회가 있는데 참석해 보지 않으시겠냐고 하셨다. 그래서 병동에 외출 허락을 받고, 한 환우분이 저를 데리러 와서 모임장소까지 같이 갔다. 사고 난 이후 처음으로 병원 밖을 나온 것이었다. 늦가을이었는데 참 따사롭고 좋았다.

환우회에서는 무슨 이야기를 해야 하나 고민을 했지만, 막상 가 보니 서로 각자 자신이 아팠던 이야기를 나누었고 재밌었다.

'나보다 더 심하게 다치신 분들도 있구나.'

'나는 지금은 회복해서 그렇게 힘들지 않은데, 아프면서도 회복해서 지방에서 올라오시는 분도 계시는구나.'라는 생각이 들었다.

우리와 같은 아픔을 겪고 있는, 혹은 겪을지도 모를 분들에게

요즘은 의술이 굉장히 발달해서 병에 걸렸거나 심하게 다쳤다고 해서 마냥 두려워할 필요는 없을 것 같아요. 병원에서 시키는 대로 잘 따르면 그래도 잘 낫더라구요.

우리 모두 교통 법규는 잘 지켰으면 해요. 내가 그걸 안 지켜서 후회를 많이 했고, 여러 사람이 피해를 보았으니까.

회상센터

이 얼마나 감사한 일인가

닥터의 회상

　김지연 님을 떠올리면 늘 방긋방긋 웃던 모습이 가장 먼저 생각납니다.

　중환자실 문을 열고 들어가면 가장 먼저 보이는 왼쪽 침대에 누워 있던 그녀는, 온갖 줄과 기계가 달려 있어 몸을 움직일 수 없음에도 환한 미소로 힘겹게 손을 흔들어 저를 반겨 주었습니다.

　중환자실에서 지내는 환자들의 20~80%는 섬망(짧은 기간 동안 발생하는 의식수준과 인지 장애 혹은 지각 장애 또는 급격한 변화)을 경험하는 것으로 알려져 있습니다. 환각, 망상을 경험하기도 하고 의료진을 향해 소리를 지르거나 때로는 자해, 타해를 하기도 합니다. 물론 이 모든 것들은 환자 본인의 의지와 관계없이 일어나는 것들입니다.

　처음엔 섬망이 아닐까 싶을 정도로 환하고 밝기만 한 모습에 걱정이 되기도 하였지만, 시간이 지나고 나서 생각해 보니 그건 김지연 님 본연의 인성이자 성격이었습니다. 무겁고 엄숙한 중환자실 회진 시간에 웃을 수 있게 만든 유일한 환자이기도 합니다.

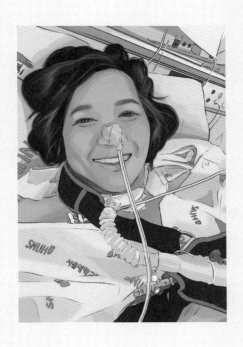

개인적인 경험상 생과 사를 확신할 수 없을 정도로 심하게 다친 환자들 중, 드라마틱하게 회복하고 좋아지는 환자들은 공통적인 특징을 가지고 있습니다. 저래도 되나 싶을 정도의 긍정적인 태도, 현재에 감사하고 인내하

는 마음입니다.

김지연 님은 그런 환자들을 대표하는 표본이라고 할 수 있습니다.

물론 그런 태도의 이면에 스스로 삼키고 버텨야 했을 시간들이 얼마나 많았을지 감히 상상조차 되지 않습니다.

지금도 한 달에 한 번 외상 환우회 모임에서 만나면, 김지연 님은 누구보다도 환한 미소로 저에게 인사를 건네주십니다. 그 미소가 이제는 저에게 위로를 주고 있습니다. 병원 일에 치이고 스트레스 받은 심신을 그녀의 미소가 감싸 안고 어루만져 주는 듯합니다.

앞으로도 언제까지나 김지연 님의 웃는 모습을 볼 수 있었으면 합니다.

회상센터

확인 좀 잘 부탁드립니다

기타왕 통키

"어머머 괜찮아요?!"

길 가던 사람들이 외치는 소리에 정신을 차려 보니, 타고 있던 자전거는 저만치 나뒹굴어져 있었다.

밤에 자전거를 타는 게 아니었는데.

길 끝에 계단이 있는 걸 보지 못하고 그대로 아래로 떨어진 것이었다.

사람 많은 곳 계단에서 굴렀다는 사실이 창피해 당시엔 아픈 줄도 몰랐지만, 왼쪽 팔이 계속 붓고 움직이기 어려워졌다.

얼마 전까지 유방암 수술과 항암 방사선 치료를 받았고, 하필 왼쪽 팔은 검진에서 미세한 전이소견이 나왔던 터라 곧장 응급실로 갔다.

확인 좀 잘 부탁드립니다

결국 골절 진단을 받았다. 오른팔은 유방암 수술을 해서 쓸 수 없고, 왼쪽 팔은 골절이 되었기 때문에 정맥 주사는 발에 잡아야 해서 걸을 수가 없는 상태가 되었다.

다행히 수술은 빨리 잡혔다.

어렸을 때부터 지금까지 큰 수술을 여러 번 받았던지라, 골절 수술은 사실 겁나진 않았다.

하지만 수술 당일, 겁이 날 정도로 황당한 일이 벌어졌다.

수술실로 가기 전 간호사 선생님이 수술 부위 확인한다고 하면서 왼쪽 골반을 자꾸 만져 보는 것이 아닌가. '왼쪽 팔 수술하는 건데 왜 골반을 만져 보는 거지?'라고 생각하며 수술실로 갔다.

전공의 선생님이 수술대에 누워 있는 나에게 다가왔다.

"생각보다 많이 다치셔서 골반 뼈를 이식해야 할 것 같아요."

"네?!!"

그 후론 마취가 되어 대화가 더 이상 기억나지 않는다.

회상센터

4시간 반 뒤 깨어나 보니, 오른쪽 발에는 정맥 주사가 잡혀 있고 왼쪽 골반은 뼈를 채취해 움직일 수 없었으며 오른쪽 팔은 유방암 수술한 팔이고 왼쪽 팔은 골절 수술을 해서 결론적으로 몸을 아예 움직일 수 없었다. 움직일 수 없어 누워서 소변을 봐야 한다는 말이 매우 수치스러웠다.

왼쪽 골반 뼈를 이식한다는 말을 미리 해 주었으면 참 좋았으련만….

이미 벌어진 일이고, 성격상 일을 크게 만들고 싶지 않아서 아무 말도 하지 않은 채 남은 치료를 받고 퇴원을 했다.

몇 달 뒤 팔에 넣은 핀을 제거하는 수술을 받게 되었다.

데자뷰인 걸까?

첫 번째 수술과 마찬가지로 수술침대 위에 누워 마취를 기다리고 있는데, 누군가가 수술할 팔이 아닌 반대편 팔을 살피며 수술 준비를 하는 것 같아 보였다.

불길한 마음이 들어, '저 왼쪽 팔 수술해요.'라고 말하니 침대 방향을 바꾸더라.

이윽고 잠이 들었고, 다시 눈을 떠보았을 땐 다행히 왼쪽 팔 수술이 잘되어 있었다.

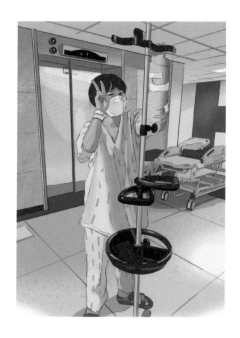

　나는 다행히 팔만 다친 거였지만, 팔을 많이 사용하는 직업을 가졌기 때문에 재활치료가 필요했다.

　유방암 수술을 하고 나서는 암 재활센터에서 재활치료 과정을 잘 안내해 주었기 때문에, 정형외과 외래에서도 재활치료 연계가 잘될 것이라 생각했다. 그런데 아무런

　　　　　　　　　　　　　　　　　회상센터

정보를 받을 수가 없었다.

'환자에게 재활 방법을 알려 주는 걸 전혀 모르시는구나.'라는 생각이 들 정도였으니까.

그래서 유튜브 동영상을 많이 찾아보며 혼자서 재활 운동을 했다.

항암치료를 받으러 종양내과를 처음 갔을 때, 외래 복도에 꽂혀 있던 책자를 무심코 봤던 기억이 난다.

첫 페이지에 이렇게 적혀 있었다.

'누구나 암에 걸릴 수 있으니 너무 걱정하지 마세요.'

상투적일 수도 있는 말이 참으로 위안이 되더라. 책자에는 굉장히 좋은 내용들이 많았고, 특히 치료 경험자들의 이야기는 큰 도움이 되었다. 암환자들은 병에 걸리면 각종 동영상이나 책을 많이 찾아보게 된다. 그런데 외상은 그런 정보가 하나도 없다. 재활과 관련된 정보와 더불어 환자 개개인의 경험담이 담긴 책자가 있으면 참 좋을 것 같다.

환자들이 사고 후에 가장 먼저 드는 생각은 '억울하다. 나만 다쳤구나. 왜 하필 나일까.'인데, 다른 환자들의 경험을 간접적으로 읽고 체험하면 '나도 이겨 낼 수 있겠다. 나도 이렇게 하면 되겠구나. 걱정 말고 따라가자.'라는 동기부여가 될 수 있을 것이다.

중증 외상은 아니었지만, 항암 방사선 치료를 같이 병행했기 때문에 체력적으로 힘들고 회복도 느렸다. 핀을 뽑은 부위가 덧나고 항상 콕콕 찌르듯이 미세한 통증이 있다. 가끔씩은 자다가 아파서 깰 때도 있다. 이젠 비가 오면 팔은 당연히 아프겠지라고 생각한다.

아마도 통증은 평생 계속될 것 같지만, 난 잘 받아들이는 편이다. 언젠간 사라지겠지라는 마음으로 견딜 수 있는 것 같다.

보험의 중요성

사고가 난 뒤 일을 못 하게 되었지만, 다행히 실업급여를 받을 수 있었다.

물론 암 수술과 항암, 방사선 치료를 받고 있는 상태에서 사고가 나서 다시 전신 마취를 하고 수술을 받는 치료를 쉼 없이 이어 나가게 되어, 건강에 대한 걱정이 더 커진 건 사실이다.

그렇지만 뭐 어쩌겠는가.

'상처 하나 더 생긴 것밖에는 없다.'라고 생각하며 살아가고 있다.

빨리 직장 복귀를 해서 자기 연민에 빠질 만한 시간을 만들지 않으려고 했던 것이 큰 도움이 된 것 같다.

쉬는 동안에는 실업급여뿐만 아니라 사고 나기 전 많은 보험을 들어 놓았던 것이 경제적으로는 도움이 되었다. 그중에는 심지어 자전거 보험도 있었다.

어느 날 자전거를 타고 가다가 구에서 운영하는 자전거 보험 플래카드를 보게 되었다. 그때 신청한 것이 사고 후에 도움이 될 줄이야. 실비와 실업급여, 사비로 들어 놓은 보험들이 많은 도움이 되었고 그나마 다행이라고 생각한다.

이제는 걷기

스트레스 해소 수단이었던 자전거는 이제 쳐다보지도 않는다.

확인 좀 잘 부탁드립니다

가급적 대중교통을 이용하거나 걸어 다니려고 한다. 수술 후에는 뼈를 떼어낸 골반 때문에 한동안 절룩거리며 걸어 다녔고, 그래도 걷다 보니 또 걸어지더라.

지금은 예전보다 더 많이 걷고 등산도 다니고 있다. 사고 나기 전보다 활동적으로 변해서 더 좋다.

빠르게 흘러가는 삶을 살다가, 천천히 걸어 다니면서 이제야 비로소 보이는 것들도 많다.

아픔을 숨기는 법

직업의 특성상 반팔 근무복을 입고 일하다 보니, 가끔 왼팔에 난 긴 상처를 보면 사람들이 물어본다.

"나 다쳤어. 너도 자전거나 자동차 조심해."

아무렇지 않게 넘어가지만 가끔 상처를 보고 놀리는 사람도 있다.

암 투병과 사고를 겪고 나서는 스트레스가 될 만한 것들은 애초에 피하게 되어, 그런 사람들은 연을 끊어 버린다.

'긴 병에 효자 없다.'는 말처럼, 아무리 가족이라도 계속 아프다고 칭얼대면 서로 힘들어진다.

암 환우들 중에서, 특히 유방암 환우들은 계속 아프고 투병 기간이 길어지니 이혼도 많이 하고 사귀는 사람과 헤어지기도 한다. 그런 것을 옆에서 많이 보았기에, 싫은 소리 하기보단 혼자서 참고 아프다는 이야기를 잘하지 않는다. 특히 가족이 간병을 하는 경우에는 갈등이 정말 많이 생긴다.

나도 처음에는 어머니가 간병을 해 주셨는데, 내 아픔과 어머니의 인내가 자주 부딪히게 되어 결국 보호자가 필요 없는 간호간병통합 병동으로 바꾸어 버리는 지경에 이르렀다.

많이 다친 중증 외상 환자들은 필연적으로 간병 기간이 길어진다. 아마 많은 보호자들과 환자들이 굉장히 힘들 것이다.

외상 환우회

우리 환자들은 일상생활에서 아프다는 말을 자주 할 수 없다.

확인 좀 잘 부탁드립니다

말을 하는 사람은 물론, 듣는 사람도 굉장히 힘들어지니까.

그런데 환우회에서는 말하지 않아도 다 이해를 해 준다.

한 환우분이 처음에는 휠체어를 타고 오다가 나중에 걸어서 들어오는 모습을 보며 큰 감동을 받았다.

밖에서는, 사회로 나가면 원치 않게 공격과 상처를 받는 경우가 많다. 그렇게 서로 동병상련의 입장이다 보니 눈빛만 봐도 고통을 이해해 주고 심리적으로 지지해 준다.

또한 본인의 삶의 일부를 떼어내서 우리에게 시간을 내어 주시는 두 분의 교수님께 큰 감사를 드린다.

나와 같은 환자들에게

저는 항암 치료를 하다 보니 극복의지가 더 강했던 것 같아요.

만약 상황이 바뀌어 외상을 먼저 당하고 암 투병을 했다면, 저 또한 너무나도 괴로웠을 거예요.

상투적인 말처럼 들리실 수 있겠지만, 외상은 당하고 싶어서 당한 게 아니라 정말 예측할 수 없는 일이잖아요.

당시에는 화도 많이 났는데, 시간이 지나고 나니 많이 흐려지더군요.

물론 몸도 아프지만 그건 환자가 어떻게 할 수 없는 일이라, 마음을 다잡는 게 가장 중요한 것 같아요.

그래서 저도 많이 힘들 땐 다른 곳에 정신을 집중할 수 있는 일들을 했어요. 저는 취미로 악기를 다루기 때문에 악기 연주로 고통을 승화하려 했어요. 사실 우울증이 오기도 했지만, 정신과까지 다니면 더 힘들어질 것 같더라구요. 그래서 혼자 유튜브로 종교인들이 하시는 말씀이나 책에 있는 좋은 문구들을 찾아보며 많은 도움을 받았습니다.

닥터의 회상

    이 글의 주인공인 기타왕 통키 님은 중증 외상 환자는 아니었습니다. 하지만 유방암 수술과 항암 방사선 치료를 받고 있는 환자였고, 하필 다친 팔은 유방암 미세 전이가 의심되는 팔이었기에 세밀한 골절 치료가 필요한 상황이었습니다.

    두 번의 골절수술 과정에서 그녀가 겪었던 '황당한' 일들은 물론 일어나서는 안 될 일이었습니다. 24시간 공장처럼 바삐 돌아가는 병원과 그 안에서 부속품처럼 움직이는 의료진들의 찌든 피곤함은, 간혹 환자와 보호자들에게 불쾌한 경험을 선사하기도 합니다.

    그럼에도 불구하고 '인간이 하는 일인데 그럴 수도 있지.'라며 특유의 유쾌함으로 이해해 준 통키 님이 참으로 멋지다는 생각이 듭니다.

    암 치료와 외상 치료를 동시에 받은, 다소 흔치 않은 경험을 한 그녀는 이제 외상 환우회에서 빼놓을 수 없는 존재가 되었습니다. 그녀만의 친화력과 쾌활함, 긍정적인 성격이 다른 환우들에게도 스며들어 환우회 모임을 한층 더 밝혀 주고 있습니다.

언제 재발할지 모르는 암에 대한 공포와 골절로 불편해진 팔로 인해 우울하고 비관적일 법도 하지만, 그녀는 언제나 웃습니다. 사고 나기 전보다 활동적으로 변해서 좋고, 사고 후에는 보이지 않던 것들이 비로소 보인다고 말합니다.

의사는 의대생들과 환자들에게 선생님이라 불리우고 있지만, 의사의 진정한 '선생님'은 환자입니다. 의사는 환자 개개인들이 아픔과 질병이라는 인생 최악의 상황에서 가장 처음 만나는 사람입니다. 의사들은 직접 겪어 보지 못한 고통과 투병의 과정을 겪으면서도, 강인하고 의연하며 때로는 유쾌하기까지 한 환자들의 모습에서 교과서에는 담기지 않은 것들을 배우고 있습니다.

그렇기에 인생의 수많은 스승을 둘 수 있는 의사라는 직업을 가지게 된 것은 행운입니다.

외상외과 의사 이신애

제 취미는 레고 조립과 퍼즐 맞추기입니다. 대놓고 자랑하기엔 약간 쑥스러울 수도 있는 취미이지만, 흐트러져 있는 블록들과 퍼즐 조각들을 하나하나 조립하며 제형태를 갖추어 나가는 모습을 보는 재미가 제법 쏠쏠합니다.

많고 많은 과 중에 왜 하필(?) 외상외과를 갔냐고 물어보는 사람들이 종종 있습니다. 저에게 있어 외상환자는 레고 블록이자 퍼즐입니다. 질병이나 암으로 병원을 찾는 사람들은 대부분 걸어서 외래로 오지만, 외상환자는 들것에 실려 응급실로 옵니다. 어디가 아픈지 말이라도 해주면 좋으련만, 대부분 의식이 없거나 심정지 상태입니다. 보호자도 없으면 나이와 이름조차 알 길이 없고, 활력징후가 불안정해 치료를 위한 검사를 충분히 할 여

202   회상센터

유도 없습니다. 119 대원의 진술, 다친 모습 등 극히 제한
적인 정보를 통해 단 몇 분 안에 잠정 진단을 내리고 소
생술을 해야 합니다. 마치 설명서나 원본 그림이 없는 레
고 블록과 퍼즐을 맞추는 느낌입니다. 응급실에서 목숨
줄을 붙들어 놓고, 수술실과 중환자실에서 세밀한 퍼즐
조각 맞추기가 시작됩니다.

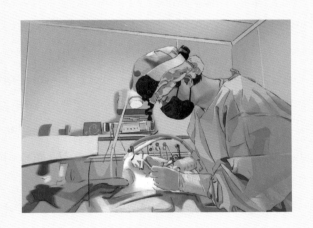

 이제야 무슨 형태인지 알겠다 싶을 때 환자들은 일반
병실로 가게 됩니다. 그러다 보면 늘 비어 있는 조각의
자리가 한두 개씩 있습니다. 처음엔 자리를 찾지 못한 조
각들이 '돈' 혹은 '보호자'인 경우가 많습니다. 하지만 시

간이 지날수록 더욱 명확해지는 빈 조각들의 정체는 '희망', '미래'입니다. 그도 그럴 것이 환자들은 다치기 전과 같이 몸을 자유롭게 움직이기 어렵고, 시시각각 밀려오는 만성 통증과도 싸워야 합니다. 사정을 모르는 다른 사람들의 시선도 견뎌내야 합니다. 과연 우리 환자들은 어떻게 이 모든 것들을 이겨 내는 것일까, 아니 이겨 낼 수는 있는 것일까? 항상 궁금했습니다. 하지만 환자들이 퇴원하여 병원 밖을 나가면 그들이 어떤 생각을 가지고 어떻게 사는지 알 길이 없습니다. 혹자는 이렇게 말할지도 모릅니다. 잘 치료해서 퇴원시키는 것으로 의사의 소임을 다한 것이라고. 오지랖이라고 할 수도 있겠지만, 저승의 문턱에서 살아 돌아온 우리 환자들이 어떻게 사는지, 무슨 생각을 하고 있는지 알고 싶어 여우비 환우회를 시작하게 되었습니다.

환우회를 운영하며 가장 놀라웠던 건 환자들이 공통적으로 느끼는 감정이 아픔이나 절망이 아닌 '감사'라는 것이었습니다. 이 수필집 속에서도 수백, 수천 개의 단어로 점철된 이야기들을 추리고 걸러 남는 건 단 하나, '감사함'입니다. 나를 살려준 의료진에 대한 감사뿐만이 아니라, 새로운 인생을 살게 해 준 외상 사건마저도 감사하다

회상센터

고 합니다. 감사함으로 초점이 맞춰진 삶을 살아가고 있는 그들에게, 이제는 제가 도리어 위로를 받고 있습니다.

빛을 퍼뜨릴 수 있는 방법은 두 가지가 있다고 합니다. 하나는 촛불이 되는 것, 다른 하나는 그것을 비추는 거울이 되는 것. 죽음과의 사투에서 승리하여 촛불이 된 우리 환자들의 이야기를 모아 거울로 만들었습니다. 이 거울로 이젠 당신을 비추려 합니다. 당신을 환히 밝히려 합니다. 그 빛 가운데 여러분도 감사함을 찾을 수 있기를 간절히 소망합니다.

회상센터

ⓒ 이신애, 2024

초판 1쇄 발행 2024년 6월 14일

엮은이	이신애
감수	장예림
펴낸이	이기봉
편집	좋은땅 편집팀
펴낸곳	도서출판 좋은땅
주소	서울특별시 마포구 양화로12길 26 지월드빌딩 (서교동 395-7)
전화	02)374-8616~7
팩스	02)374-8614
이메일	gworldbook@naver.com
홈페이지	www.g-world.co.kr

ISBN   979-11-388-3263-2 (03810)

- 본 도서는 서울대학교 의과대학 편입제외기부금 지원으로 제작되었습니다.